Der Roman der kleinen

Violette

MELCHIOR
Edition Ars Amandi

Das außergewöhnliche Werk

Der Roman der kleinen
Violette
von Victor Hugo

erscheint im Rahmen ausgewählter erotischer Literatur
in der *Edition Ars Amandi* des Melchior Verlages.

Nachdruck der Originalausgabe aus den Jahren um 1900
nach einem Exemplar aus Privatbesitz.

MELCHIOR
Edition Ars Amandi
© Melchior Verlag
Wolfenbüttel
2009
ISBN: 978-3-941555-00-6
www.melchior-verlag.de

I. KAPITEL.

Als ich Violette kennenlernte, war ich dreißig Jahre alt.

Ich wohnte im vierten Stock eines hübschen Hauses der Rue de Rivoli. Über mir befanden sich die kleinen Zimmerchen der Arbeiterinnen und Näherinnen, die bei der Wäschehändlerin beschäftigt waren, deren Laden sich jetzt noch unter den Kolonnaden befindet.

Zu jener Zeit lebte ich mit einer sehr hübschen Mätresse von hoch-aristokratischen Manieren. Ihre Haut war von derjenigen Weiße, die Theophile Gautier in seinen Emaillemalereien und Cameen behandelt, ihr Haar entsprach dem der Elektra des Äschylos, das er mit dem Weizen Arkadiens vergleicht. Allein, da sie vor der Zeit ein wenig zu fett wurde, ließ sie ihre schlechte Laune über diesen Umstand an allem aus, was in ihre Nähe kam und machte dadurch das Leben mit ihr einem jeden auf die Dauer unmöglich.

Die Folgen davon waren, dass wir nur selten zusammenkamen und dass ich nichts tat, um unsere beiden Zimmer, die sich an den entgegengesetzten Enden der Wohnung befanden, einander näher zu bringen, obwohl ich allen ihren sonstigen Bedürfnissen Rechnung trug. Ich hatte mein Zimmer schon deshalb so gewählt, weil es mir einen freien Ausblick auf die Tuilerien gewährte. Ich war schon damals von der Manie besessen, viel Tinte zu verschmieren und für einen geistig Arbeitenden gibt es nichts, das ihm so viel Ruhe und Sammlung gewähren könnte, als der Anblick jener dunklen, grünen Massen, die die Bäume des Gartens bilden.

Im Sommer, solang es noch hell war, machten die wilden Tauben die oberen Äste einander streitig; bei Sonnenuntergang versank alles in Dunkelheit und Stille.

Um 10 Uhr wird Retraite geschlagen, und die Gittertüren werden geschlossen; in schönen Mondnächten erglänzen die Wipfel der Bäume in zitterndem Licht. Manchmal erhebt sich

auch des Nachts eine leichte Brise und die silbernen Blätter flüstern und rieseln und scheinen belebt, voller Liebe und Lust.

Später erlischt nach und nach das Licht in den Fenstern und die Silhouette des großen Palastes zeichnet sich nur noch verschwommen und schwärzlich gegen das durchsichtige Azur des nächtlichen Himmels ab.

Nach und nach legt sich auch das Geräusch der Stadt, hin und wieder hört man noch das entfernte Rollen eines Wagens oder eines Omnibus - und das Ohr erfreut sich an dieser Ruhe, die nur noch durch das Atmen des schlafenden Riesen „Paris" gestört wird. Das Auge ruht gern auf dem Schloss, auf diesen Bäumen, die der Dunkelheit die Majestät ihrer gewaltigen, unbeweglichen Massen entlehnen.

So blieb ich manchmal stundenlang am Fenster in Träumereien versunken. Wovon träumte ich?

Was weiß ich: Jedenfalls von den Dingen, von denen man mit dreißig Jahren träumt. Von der Liebe, von den Frauen, die man gesehen hat und besonders - von denen, die man noch nicht gesehen hat.

Ich muss gestehen, dass für mich die Reize die mächtigsten sind, die ich noch nicht kenne.

Es gibt Männer, die von der Natur enterbt sind, auf deren Herz die Sonne, diese Seele der Welt, vergessen hat, einen Strahl fallen zu lassen. Für diese ist alles grau und im Verlaufe ihres dämmerigen Daseins führen sie den Akt, in den Gott für seine bevorzugten Geschöpfe das höchste Glück des Lebens gelegt hat, gleich einer bürgerlichen Pflicht aus - ohne für diesen augenblicklichen Poroxismus der exaltierten Sinne, diese heftige Explosion der höchsten Wonne, die einen Riesen töten würde, wenn sie statt fünf Sekunden eine Minuten andauerte, das richtige Verständnis zu finden. Solche Menschen zeugen keine Kinder, denn so kann man das nicht nennen; „sie vermehren

sich", das ist die richtige Bezeichnung; sie gehören dem großen Ameisenhaufen an, der langsam Stück um Stück sein Haus aufführt, im Sommer Vorräte für den Winter einheimst und der, wenn Gott ihn fragen würde: „Was hast Du auf Erden gemacht?" antworten wird: „Ich habe gearbeitet, gegessen, getrunken und geschlafen."

Selig derjenige, der bei einer solchen Frage antwortet:

„Ich habe geliebt!"

Ich befand mich in einem solchen Traum ohne Horizont und Grenzen, in einem Traum bei dem Himmel und Erde, Phantasie und Wirklichkeit ineinander verschwimmen; bei dem Schlag zwei Uhr der nahen Kirche zuckte ich zusammen und es schien mir, als ob soeben jemand an meiner Tür geklopft hätte.

Ich glaubte mich getäuscht zu haben und horchte auf. Das Klopfen wiederholte sich. Ich wollte sehen, wer mir eigentlich zu dieser ungewohnten Stunde seinen Besuch machte und öffnete.

Ein junges Mädchen, beinahe noch ein Kind, drängte sich durch den Spalt und sagte:

„Ach, verstecken Sie mich bei sich, mein Herr, ich bitte Sie!"

Ich legte den Finger an den Mund, um ihr zu bedeuten, sie solle schweigen, und schloss die Tür so leise wie möglich; dann umfing ich die Kleine mit meinem Arm und führte sie in mein Schlafzimmer.

Beim Scheine der beiden Kerzen konnte ich erst richtig den kleinen Vogel in Augenschein nehmen, der seinem Käfig entflohen war, und den mir das Geschick auf den Weg warf.

Ja, sie war ein reizendes Kind von kaum siebzehn Jahren, schlank und biegsam wie ein Reis, obgleich bereits hübsch entwickelt.

Ohne ihren Busen besonders zu suchen, war meine Hand zufällig daraufgefallen und ich fühlte, wie sie von der einen gummiartigen Halbkugel gleichsam abprallte.

Bei dieser Berührung rieselte ein Fieberschauer durch meine Adern. Es gibt weibliche Wesen, die von der Natur eine eigenartige Macht erhalten haben, den Mann der sie berührt, in eine Woge von Sinnlichkeit zu tauchen.

„Ich habe solche Angst!" flüsterte sie. „So?"

„Ja; und welches Glück, dass Sie noch nicht schliefen!"

„Und vor wem hast Du denn solche Angst?"

„Vor Herrn Beruchet."

„Der Mann der Wäschehändlerin, bei der ich unten arbeite."

„So, so. Und was hat er Dir denn getan? Erzähle mir das ein wenig."

„Aber Sie behalten mich doch die ganze Nacht über hier, nicht?"

„Ich werde Dich hierbehalten, so lange Du willst. Ich pflege hübsche Mädchen nicht vor die Tür zu setzen."

„Vorläufig bin ich nur ein kleines Mädchen, nicht ein hübsches Mädchen."

„Na, na."

Mein Blick fiel durch das halbgeöffnete Hemd auf ihren Busen und ich hatte Veranlassung, sie nicht mehr so sehr „klein" zu finden.

„Morgen bei Tage werde ich wieder gehen," sagte sie.

„Und wohin wirst Du gehen?"

„Zu meiner Schwester."

„Zu Deiner Schwester? Wo ist denn die?"

„Rue Chaptal Nr. 4."

„Deine Schwester wohnt in der Rue Chaptal?"

„Ja, im Hochparterre. Sie hat zwei Stuben, da kann sie mir eine davon geben."

„So. Und was macht denn Deine Schwester in der Rue Chaptal?"

„Sie arbeitet für Geschäfte. Herr Ernest hilft ihr!"

„Hm. Sie ist älter als Du?"

„Ja, um zwei Jahre."

„Wie heißt sie?"

„Margarete."

„Und Du? Wie heißt Du?"

„Violette."

„So, so. Es scheint, dass man in Deiner Familie Blumennamen liebt."

„Ja, Mama hatte sie so gern."

„Lebt sie nicht mehr?"

„Nein."

„Wie hieß sie?"

„Rose."

„Wahrhaftig! Lauter Blumennamen! Und Dein Vater?"

„O, er lebt und ist gesund."

„Was macht er?"

„Er ist Torwächter in Lille."

„Wie heißt er?"

„Rouchat."

„Ich bemerke soeben, dass ich Dich seit einer Stunde ausfrage ohne zu wissen, weshalb Herr Beruchet Dir solche Angst machte."

„Weil er mich immer küssen wollte." „Ach was."

„Ja, er verfolgt mich immer an allen Ecken und Enden und ich getraute mich nicht, allein ohne Licht hinter den Laden zu

gehen, weil ich immer fürchtete, er könne dort auf der Lauer stehen.“

„Und war Dir das denn so zuwider, dass er dich küssen wollte?“

„O ja, sehr!“

„So? Warum denn?“

„Weil er so hässlich ist; außerdem schien es mir so, als ob er sich nicht mit dem Küssen begnügen wollte.“

„So? Was wollte er denn sonst noch?“ „Ich weiß nicht.“

Ich sah der Kleinen gerade in's Gesicht, um zu erspähen, ob sie mich nicht zum Narren hielte. Ihr durchaus ruhiges und ernstes Gesicht zeugte aber von ihrer Unschuld.

„Nun gut; hat er denn sonst noch was getan?“

„Ja.“

„Was denn?“

„Vorgestern Nacht, als ich schon im Bett lag, ist er zu mir heraufgekommen; das heißt, ich glaube, dass er's war, der meine Tür zu öffnen versuchte.“

„Hat er nicht gesprochen?“

„Nein, aber gestern bei Tage hat er zu mir gesagt: „Schließe Deine Tür heute Nacht nicht ab, meine Kleine, ich habe Dir sehr wichtige Dinge zu sagen!“

„Und Du hast die Tür trotzdem abgeschlossen?“

„Ja, natürlich! Mit der größten Sorgfalt.“

„Und ist er gekommen?“

„Ja, er hat die Türklinke immerfort auf- und zugeklappt und hat daran gerüttelt und hat gesagt: „Mache doch auf, meine kleine Violette, ich bin's.“ - Ich habe in meinem Bett gezittert und habe natürlich nicht aufgemacht; je mehr er mich seine kleine Violette nannte, desto mehr zog ich mir die Decke über den Kopf.

Endlich, nach vielleicht einer halben Stunde, ist er brummend weggegangen. - Heute hat er den ganzen Tag kein Wort zu mir gesprochen, so dass ich glaubte, ich bin ihn losgeworden. - Heute Abend war ich in meiner Kammer schon zu drei Vierteln ausgezogen, wie Sie mich hier sehen, als ich daran dachte, den Riegel vorzuschieben. Da war der Riegel fort und da das Schloss verdorben ist, konnte ich nicht zumachen. Ich wusste nicht, was ich machen sollte und hatte Angst einzuschlafen, da bin ich zu Ihnen gekommen. O, es war ein guter Einfall!"

Hiermit warf die Kleine ihre Arme um meinen Hals.

„Na, vor mir hast Du wohl keine Angst?" „Nein, gar nicht!"

„So, und wenn ich Dich küssen wollte, würdest Du nicht weglaufen?"

„Da!" Und sofort stellte sie sich auf die Zehen und näherte ihre frischen, feuchten Lippen meinem heißen und trockenen Mund.

Unwillkürlich legte ich meine Hand hinter ihren Kopf und drückte einige Augenblicke ihre Lippen auf die meinen, während ich mit der Zungenspitze ihre kleinen weißen Zähnchen liebkoste. Sie schloss die Augen und ließ den Kopf hintenüber sinken, indem sie flüsterte: „Ah, welch' schöner Kuss!"

„Kennst Du das noch nicht?" fragte ich sie.

„Nein", erwiderte sie, wobei sie mit der Zunge ihre jetzt brennenden Lippen anfeuchtete. „Küsst man denn immer so?"

„Diejenigen, die man liebt, küsst man so."

„Lieben Sie mich denn?"

„Wenn ich Dich noch nicht liebe, so bin ich doch nahe daran es zu tun."

„Ja? Ich Sie auch."

„Schau, schau! Desto besser!"

„Und was macht man, wenn man sich liebt?"

„Nun, man küsst einander, so wie wir's eben gemacht haben."

„Sonst nichts? Ist das Alles?"

„Natürlich!"

„Das ist merkwürdig; es schien mir, als ob es noch mehr geben müsse; als ob der Kuss, so heiß er auch ist, nur der Anfang der Liebe sei."

„Wieso schien Dir das - wie hast Du das gemerkt?"

„Weiß ich - es ist so ein Verlangen nach einem Glück, bei dem man den Kopf verliert, so wie ich es manchmal im Traum habe."

„Aha, sieh da; und wenn Du nach einem solchen Traum erwachtest, wie war's da?"

„Da war nichts; ich war nachher immer noch sehr müde."

„So! Und solch ein Glück hast Du immer nur im Traum, nie in Wirklichkeit empfunden?"

„Doch! Wenigstens so etwas ähnliches als Sie mir jetzt den Kuss gegeben haben."

„Bin ich denn der erste Mann, der Dich küsst?"

„Auf diese Art? Ja, mein Vater hat mich ja auch manchmal geküsst, aber das war anders."

„Also bist Du noch jungfräulich?"

„Jungfräulich? Wieso - was heißt das?"

Der naiv-verwunderte Ton, in dem diese Frage gestellt wurde, ließ keinen Zweifel an deren Aufrichtigkeit zu.

Ich hatte Mitleid oder beinahe Erfurcht vor dieser Unschuld, die sie mir so ganz und gar übergab. Es schien mir, als ob es ein gemeines Verbrechen sein würde, ihr wie ein Dieb ihren süßen Schatz zu stehlen, dessen Besitz ihr unbekannt war und den ein Mädchen immer verliert, wenn sie ihn gibt.

„Und jetzt mein Kind reden wir vernünftig", sagte ich etwas ernüchtert, und ließ sie aus meinen Armen gleiten.

„O - Sie werden mich doch nicht fortschicken?" sagte sie.

„Nein, ich bin sehr froh, Dich hier zu haben." Dann fügte ich hinzu: „Höre, wir werden Deine Kleider holen gehen."

„Gut. Aber wo soll ich denn hingehen?" „Das werde ich schon sehen. Gehen wir jetzt in Deine Kammer."

„Und Herr Beruchet?"

„Der wird jetzt nicht da sein. Es ist drei Uhr früh."

„Was wollen wir in meiner Kammer machen?"

„Wir werden Deine Sachen holen." „Und dann?"

„Dann werde ich Dich mit Deinen Sachen in eine hübsche, kleine Wohnung bringen, die ich in der Stadt habe. Von da aus wirst Du an Frau Beruchet einen Brief schreiben, den ich Dir diktieren werde. Willst Du?"

„Ich werde alles tun, was Sie wollen."

Ach, dieses entzückende Vertrauen der Unschuld und der Jugend! Ja, das liebe Kind hätte sicherlich alles getan, was ich von ihr verlangt hätte und sie hätte es sofort getan, wenn ich's nur gewollt hätte.

Wir gingen hinauf in ihre kleine Kammer mit der unverschließbaren Tür und nahmen alle ihre Habe mit, die in einem kleinen Leinenbeutelchen Platz hatte. Sie vervollständigte ihre Kleidung; wir stiegen die Treppe hinunter und da kein Wagen da war, gingen wir wie zwei Schüler Arm in Arm leicht und fröhlich zur Rue St. Augustin, wo ich eine reizende kleine Junggesellenbude besaß, in der ich schon viele herrliche Nächte verbracht hatte. Nach einer Stunde war ich wieder in meiner Wohnung Rue de Rivoli, ohne meinen Roman mit Violette um einen Schritt weitergeführt zu haben.

II. KAPITEL.

Mein Quartier in der Rue St. Augustin war kein gewöhnliches „möbliertes Zimmer"; in Hinsicht auf seinen Zweck hatte ich es nach meinem eigenen Geschmack ausgestattet und zwar mit aller Eleganz, welche die verwöhnteste Mätresse nur wünschen konnte.

Die Wände und die Decke waren mit elfenbeinfarbigem Samt ausgeschlagen; Fenster und Bettvorhänge bestanden aus demselben Stoff und überall waren Verzierungen und Besatz aus altem Goldstoff angebracht. Ein großer Spiegel, der den Hintergrund des Bettes bildete, war einem anderen zwischen den beiden Fenstern genau gegenüber angebracht, so dass die beiden Reflektoren die Szenen, die sich zwischen ihnen abspielten, in's Unendliche vervielfältigt wiedergaben.

Ein ebensolcher Spiegel war auf dem Kamin aufgestellt, dessen gesamte Garnitur nach Modellen von Pradier gebildet war, diesem reizenden Bildhauer, unter dessen Händen die Statue der Tugend selbst verführerisch geworden wäre.

Eine gleichfalls mit elfenbeinfarbigem Samt beschlagene Tür führte in's Toilettenzimmer, das von der Decke aus beleuchtet wurde. Es war mit Rips ausgeschlagen; erwärmt wurde es durch den Kamin des Schlafzimmers. Zur Aufnahme von Waschwasser dienten einige hübsche, englische Porzellangefäße, deren einzige, aber schöne Dekoration in einer Wasserpflanze oder Blume bestand.

Eine elegante Badewanne war in einem breiten orientalischen Divan verborgen; davor lag ein dichtes, schwarzes Bärenfell, das die kleinen weißen Füßchen, die darauf traten, noch weißer erscheinen ließ. Eine hübsche, kleine Kammerzofe, deren Obliegenheiten darin bestanden, die beiden Zimmer in Ordnung zu halten und den Damen die nacheinander hier vorübergehend logierten, alle mögliche Hilfe zu leisten, hatte ein kleines Kabinett dicht nebenan. Diese nette, kleine Person hatte von mir den Befehl empfangen, am Morgen ein Bad im Toilettenzimmer

herzurichten, ohne jedoch die junge Dame, die nebenan schlief, aufzuwecken.

Violette und ich waren im Dunkeln eingetreten und ich hatte nur die kleine Nachtlampe angemacht, die durch ihr rosiges, böhmisches Glas das Zimmer in verträumte Dämmerung tauchte. Dann hatte ich mich umgewandt, um der Kleinen Gelegenheit zu geben, sich ungeniert zu entkleiden, obgleich sie in ihrer Unschuld das auch vor meinen Augen getan hätte. Nachher hatte ich sie auf beide Wangen geküsst, ihr eine gute Nacht gewünscht und war, wie bereits gesagt, nach Hause zurückgekehrt. Trotz aller Aufregungen der Nacht hatte Violette sich bald in dem Bett mit der Grazie einer kleinen Katze zurechtgelegt; sie hatte meinen Abschiedsgruß gähnend erwidert und ich war überzeugt, dass sie bereits eingeschlafen war, ehe ich die unterste Treppenstufe erreicht hatte.

Ich muss gestehen, dass ich mich einer gleichen Ruhe nicht erfreute; dieser Busen, der meiner Hand einen so süßen Widerstand entgegengesetzt, diese Lippen, die auf den meinen geruht hatten, dieses halboffene Hemd, durch das mein Blick ziemlich tief gedrungen war - alles das hielt mich wach und zwar mit gewissen Aufregungen, die ich nicht im Stande war zu meistern.

Der Leser wird jedenfalls keine Auseinandersetzungen von mir verlangen, warum ich mich am schönen Anfange des Weges aufgehalten habe, denn er wird's erraten.

Meine Leserinnen jedoch, die neugieriger sind und dazu unerfahrener auf dem Gebiete der männlichen Psyche, werden wissen wollen, warum ich nicht weiter gegangen bin. Ich muss wohl sagen: Es war nicht das Verlangen, das mir fehlte, aber ich habe bereits gesagt, dass Violette erst siebzehn Jahre alt und von einer solchen Unschuld war, dass es ein wahrhaftes Verbrechen gewesen wäre, sie sich selber zu rauben, ohne dass sie gewusst hätte, dass sie sich gab.

Dann muss man mir aber auch erlauben, von mir selber zu sagen, dass es in meiner Natur begründet liegt, alle Feinheiten der Liebe und alle Wonnen der Lust nach und nach, langsam und mit Verständnis zu genießen und zu durchkosten.

Die Unschuld ist eine Blume, die man möglichst lange an ihrem Stengel lassen muss, um sie schließlich mit Andacht und vorsichtig, Blatt um Blatt, langsam zu genießen. Eine Rosenknospe braucht manchmal eine ganze Woche, um sich zu erschließen.

Ferner ich liebe alle Freuden, aber sie müssen keine Gewissenbisse im Gefolge haben, und da war in den Mauern der Stadt, die sich im Jahre 1792 so rühmlich gegen den Feind verteidigt hatte, ein Veteran, dessen Alter ich nicht betrüben wollte. Allerdings kam es mir so vor, als ob dieser brave Mann wegen des kleinen Malheurs, das seiner ältesten Tochter zugestoßen war, keine Versuchung gehabt hätte, sich zu erhängen; aber vielleicht hing er mit größerer Zärtlichkeit an der jüngeren; vielleicht hatte er Pläne mit ihr, eine Heirat in Aussicht oder dergleichen, und ich wollte das Alles nicht umstoßen. Außerdem hatte ich die Erfahrung gemacht, dass, wenn man Geduld hat, um zu warten, alle Dinge sich zur Zufriedenheit aller Beteiligten arrangieren.

Solche Gedanken hielten mich bis gegen Morgen wach, schließlich schlief ich todmüde und ermattet ein, ruhte eine oder zwei Stunden und erwachte wieder gegen acht Uhr.

Ich sprang auf; Violette musste jedenfalls schon wach sein, da sie doch bei Herrn Beruchet an frühes Aufstehen gewohnt sein musste; ich bedeutete meinem Diener, dass ich vielleicht nicht zum Essen kommen würde, sprang in einen Wagen und war fünf Minuten später in der Rue St. Augustin.

Die Treppe lief ich in großen Sätzen hinauf; mein Herz klopfte zum Zerspringen, wie zur Zeit meiner ersten Liebschaften.

Mit meinem Schlüssel öffnete ich geräuschlos die Tür; ich trat ein und fand alles so wie ich es verlassen hatte. Violette war nicht nur nicht erwacht, sondern sie lag noch genau so, wie sie sich am Abend hingelegt hatte, nur dass sie mit einem Arm die Decke etwas heruntergeschoben und den einen Busen entblößt hatte.

Man hätte sich nichts Reizvolleres denken können, als diesen kleinen, nackten Busen, als diesen etwas nach hinten zurückgesunkenen Kopf, der in einer Haarflut ruhte; das Bild sah aus wie ein Gemälde von Giorgione.

Dieser Busen war wunderbar in seiner Rundung und Weiße; er hätte genau in die schöne Höhlung gepasst, die derjenige der Sklavin des Diomedes in der Asche Pompejis hinterlassen hat. Obgleich sie brünett war, war doch die Brustwarze von einem lebhaften Rot und glich einer Erdbeere. - Ich beugte mich leise darüber und berührte sie sanft mit meinen Lippen. Ihre Haut erschauerte und die Warze wurde steif. Ich hätte die ganze Decke wegnehmen können, ich bin sicher, dass sie nicht erwacht wäre. Jedoch wollte ich lieber warten, bis sie die Augen aufschlagen würde.

Es war freilich nicht zu verwundern, dass sie noch schlief, durch die zugezogenen Vorhänge drang kein Lichtstrahl, und wenn sie erwacht wäre, hätte sie glauben können, es sei zwei Uhr nach Mitternacht. Ich setzte mich neben das Bett und ergriff vorsichtig ihre Hand, die ich beim Schimmer der Nachtlampe betrachtete. Sie war klein und wohlgebildet, obgleich etwas kurz wie die der Spanierinnen; die Nägel waren rosig und schmal, und nur der des Zeigefingers war durch Näharbeit etwas angegriffen.

Sei es, dass sie genug geschlafen hatte, sei es die Berührung meiner Hand - sie öffnete die Augen, sah mich neben dem Bette sitzen und stieß einen Freudenschrei aus.

„O", sagte sie, „Sie sind da? Wenn Sie nicht hiergewesen wären, hätte ich beim Erwachen geglaubt, ich träume, sind Sie denn nicht weggewesen."

„Doch", antwortete ich, „ich habe Dich auf vier oder fünf lange Stunden verlassen, aber ich bin bald wieder zurückgekommen, denn ich wollte, dass Du mich beim Erwachen zuerst siehst."

„Und seit wann sind Sie wieder hier?" „Seit einer halben Stunde."

„Sie hätten mich wecken sollen." „Ich habe mich wohl gehütet."

„Sie haben mich nicht einmal geküsst!"

„Doch; Du hast mit entblößtem Busen geschlafen und ich habe die kleine Warze geküsst!"

„Welche?"

„Diese hier, die linke."

Sie entblößte sie in ihrer reizenden Unschuld und versuchte, sie mit den Lippen zu berühren.

„Schade", sagte sie, „ich kann sie nicht küssen."

„Und warum willst Du sie küssen?"

„Um meine Lippen dorthin zu bringen, wo die Ihrigen gewesen sind." Und wieder machte sie einen Versuch.

„Unmöglich! Nun gut," hierbei näherte sie ihren Busen meinem Mund, „Sie haben sie für sich geküsst, küssen Sie sie noch einmal, diesmal für mich."

„Lege Dich wieder hin."

Sie legte sich auf den Rücken; ich erfasste die kleine rote Warze behutsam mit den Lippen und liebkoste sie mit Zunge und Zähnen.

Sie stieß einen kleinen Schrei aus und rief: „O, wie gut das tut!"

„So gut wie der Kuss von gestern?"

„Ach, der Kuss von gestern - das ist schon so lange her; ich erinnere mich nicht mehr."

„Willst Du noch einmal probieren?"

„Sie wissen doch --, Sie haben mir doch gestern gesagt, dass man so die Leute küsst, die man liebt."

„Aber ich weiß noch nicht, ob ich Dich liebe!"

„Nun, ich bin sicher, dass ich Sie liebe; also wenn Sie nicht wollen, so küssen Sie mich nicht, ich will Sie aber küssen."

Wie am Abend vorher presste sie ihre Lippen auf meinen Mund, jedoch schob sie mir diesmal die kleine Zunge durch die Lippen und spielte an meinen Zähnen.

Wenn ich mich hätte entfernen wollen, so hätte ich es nicht vermocht, so heftig presste sie mich an sich. Unser Atem vermischte sich; schließlich warf sie den Kopf hintenüber und flüsterte:

„O - ich liebe Dich!"

Dieser Kuss hatte mich ganz wirbelig gemacht; ich umfasste sie mit den Armen und riss sie aus dem Bett, um sie ganz und gar an mein Herz zu drücken; ich hätte sie so bis an das Ende der Welt tragen mögen, während meine Zunge ihren Busen durchwühlte und bearbeitete.

„Ah - was machst Du - ich vergehe!

Ich wurde mir der großen Gefahr der Situation bewusst und hielt inne. Ich hatte mir doch vorgenommen, mich nicht überrumpeln zu lassen.

„Liebes Kind, ich habe Dir ein Bad bereiten lassen; es ist im Toilettenzimmer." In meinen Armen trug ich sie hinüber, sie seufzte: „Ah - wie schön ruht sich's in Deinen Armen!"

Ich prüfte die Temperatur des Wassers, sie war gut; mit ihrem Hemd ließ ich Violette hinein und goss nachher eine halbe Flasche kölnisches Wasser zu, um das Bad zu parfümieren.

„Dort ist Seife, suche Dir die aus, die Dir am besten gefällt; nebenan im großen Netz sind große und kleine Schwämme; reibe Dich gut ab, ich werde unterdessen Feuer anmachen, damit Du nicht frierst."

Im großen Kamin machte ich Feuer und breitete nachher das große Bärenfell davor aus. Ich besaß einen großen Vorrat von Damenwäsche; das Nötige für eine oberflächliche Toilette ließ ich anwärmen und auf einen Stuhl neben die Badewanne legen. Es war ein leichter Morgenüberwurf aus Batist und einige Handtücher aus Baumwolle. Im Schlafzimmer legte ich einen Peignoir aus weißem Kaschmir auf einen Lehnsessel und stellte ein paar kleine, rote, türkische Samtpantoffeln davor, die mit Gold bestickt waren.

Nach einer Viertelstunde kam die Kleine zitternd aus ihrem Bade; sie hatte den Überwurf angelegt, der den letzten Rest von Feuchtigkeit aufsaugte und kauerte sich dicht bei meinen Knien vor das Feuer.

Sie sah wie eine Polyhymnia aus; durch den leichten Batist sah ich ihre weiße Haut schimmern. Neugierig sah sie sich um.

„Gott, wie ist das alles so hübsch hier! Soll ich hier wohnen bleiben?"

„Ja, wenn Du willst; aber wir müssen dazu die Erlaubnis von jemandem haben".

„Von wem denn?"

„Von Deinem Vater."

„Von meinem Vater? Aber der wird sehr froh sein, wenn er weiß, dass ich eine so schöne Stube habe und noch dazu Zeit, um zu lernen!"

„Um was zu lernen?"

„Ach so - ja richtig, ich muss Ihnen das sagen."

„Nun? Sage es also, mein Kind, Du musst mir alles erzählen."

Hiermit beugte ich mich nieder, sie streckte sich zu mir empor und unsere Lippen berührten sich.

„Erinnern Sie sich, dass Sie mir einmal ein Theaterbillet geschenkt haben?"

„So? Ja richtig, ich erinnere mich".

„Es war für das Theater der Porto Saint-Martin; man gab „Antony" von Alexander Dumas."

„Ein unmoralisches Stück, das kleine Mädchen eigentlich nicht ansehen sollten."

„So? Das finde ich nicht. Ich war sehr bewegt, und daraufhin habe ich meiner Schwester und Herrn Ernest gesagt, dass ich Schauspielerin werden wollte." „Ach was?"

„Herr Ernest und meine Schwester haben sich angesehen und meine Schwester hat gesagt: Wenn sie auch das geringste Talent hätte, so wäre es immer besser, als Wäscherin zu sein. Und dazu, hat Ernest gesagt, habe ich durch meine Zeitung „la gazette des theatres" Verbindungen und könnte ihr viele Wege ebnen."

„Das ist ja allerdings ganz hübsch," erwiderte ich, „es kann sein, dass sich etwas machen lässt."

Die Kleine fuhr fort: „Ich hatte Madame Beruchet gesagt, dass ich am Abend nicht zurückkommen, sondern bei meiner Schwester schlafen würde. Nach der Vorstellung habe ich bei meiner Schwester angefangen, die Stellen, deren ich mich erinnerte, vorzutragen so wie ich es im Theater gesehen hatte und dabei machte ich die großen Gesten - so!"

Und indem mir Violette noch einmal die „großen Gesten" vormachte, öffnete sich ihr Morgenüberwurf weit und vor meinen entzückenden Blicken bot die liebe Unschuld Schätze dar, die einem wahrhaftig alle Sinne benebeln konnten.

Ich nahm sie in meine Arme und setzte sie auf meine Schenkel, wo sie sich wie in einem Nestchen zurechtrückte.

„Und dann?" fragte ich.

„Dann sagte Herr Ernest: Da sie entschlossen scheint und da zwei oder drei Jahre Studium vor dem Auftreten nicht zu viel sind, so wäre das beste, an den Vater zu schreiben! Und während dieser zwei, drei Jahre - wovon soll sie leben? hat Margarete gefragt. Ach was, hat Herr Ernest geantwortet, sie ist hübsch und ein hübsches Mädchen findet immer seinen Unterhalt. Vom 16. bis zum 19. Jahre wird sie schon jemanden finden, der ihr behilflich ist. Außerdem ist sie wie ein Vögelchen, dem ein paar Körnchen und ein Nestchen genügen."

Ich zuckte zweifelnd die Achseln, indem ich das arme, kleine Geschöpf betrachtete, das in meinen Armen wie in einer Wiege ruhte.

Sie fuhr fort: „Am nächsten Tage wurde an Papa geschrieben."

„Und was hat er geantwortet?"

Er hat geschrieben: „Ihr seid zwei arme Waisen, die keinen anderen Anhang haben als einen armen Greis von 67 Jahren, der dazu noch jeden Augenblick sterben kann. Nachher seid ihr ganz allein. Tut in Gottes Namen, was ihr wollt, aber benehmt Euch so, dass ein alter Soldat nicht über Euch erröten muss."

„Hast Du diesen Brief noch?"

„Ja."

„Wo ist er?"

„In einer Tasche. Wissen Sie, da habe ich an Sie gedacht. Ich habe gedacht: Da er mir das Billet gegeben hat, so hat er jedenfalls Verbindungen mit Theaterdirektoren. Ich wollte immer mit ihnen sprechen, dann habe ich immer wieder Angst gehabt. Jeden Tag dachte ich: Morgen gehe ich aber bestimmt, aber es wurde niemals etwas daraus. Aber da ist diese Sache mit

Herrn Beruchet dazugekommen. Sie sehen wohl, dass das ein Werk der Vorsehung ist?"

„Ja, mein Kind; ich fange an es zu glauben."

„Also werden Sie alles tun, was Sie können, damit ich Schauspielerin werde?"

„Jawohl, ich werde tun, was in meiner Macht steht."

„Ach, wie lieb Sie sind!"

Und Violette, die sich gar nicht darum kümmerte, was sie meinen Blicken preisgab, öffnete weit ihre Arme und warf sich mir um den Hals.

Dieses Mal - ich gestehe es - war ich ganz hingerissen; meine Hand fuhr über die biegsamen Hüften und lag bald darauf auf einem feinen, seidigen Haar, das sie zu längerem Weilen veranlasste.

Bei dieser Berührung meiner Hand streckte sich Violette lang aus; ihr Kopf sank hinten über, ihr Mund öffnete sich und ließ die kleinen, weißen Zähnchen sehen; ihr Auge umflorte sich und nahm den Ausdruck eines heftigen Taumels an; ihr Haar floss vom Kopfe lang hinab, wie eine Kaskade vom schwarzen Jaspis. Dabei hatte sie mein Finger nur eben berührt.

Wahnsinnig, in einem glühenden Liebesdelirium, ihre heißen Seufzer mit ebenso heißem Stöhnen beantwortend, trug ich sie auf das Bett, wo ich mich vor ihr auf die Knie niederließ und wo meine Hand die Stelle einnahm.

Ich empfand die unaussprechliche Wonne, die die liebeglühende Lippe vermittelt, die eine ebenso liebeglühende Jungfräulichkeit berührt.

Violette stieß jetzt nur noch kleine, unartikulierte Laute aus, um sich schließlich in einem Paroxismus von Wonne zu winden, der kein Ende nehmen zu wollen schien.

Ich richtete mich wieder auf und sah ihr zu, wie sie langsam wieder zu sich kam. Sie öffnete die Augen, setzte sich mühsam auf und sagte:„O Gott, ist das gut! Können wir es noch einmal machen?"

Plötzlich besann sie sich und indem sie mich ernst anschaute, sagte sie: „Ich habe eine Idee!"

„So? Was für eine?" fragte ich.

„Mir scheint, dass das, was ich soeben gemacht habe, schlecht ist." Ich setze mich neben sie auf das Bett.

„Höre," erwiderte ich, „hat man schon einmal ernsthaft mit Dir gesprochen?"

„Natürlich", antwortete sie, „mein Vater manchmal. Wie oft hat er mich ausgescholten!"

„Das meine ich nicht", sagte ich. „Ich meine, ob Du es verstehen würdest, wenn man von ernsthaften Dingen zu Dir spräche."

„Ich weiß nicht. Das hängt von der Sache ab. Wenn Du zu mir sprechen würdest, ich glaube, ich würde alles verstehen."

„Ist Dir nicht kalt?"

„Nein."

„Nun gut; höre aufmerksam auf das, was ich Dir sagen will."

Sie schlang einen Arm um den Hals, sah mir gerade in die Augen und öffnete ersichtlich alle Türen ihres Verständnisses.

„Rede, ich höre."

Ich begann: „Wenn das Weib geboren wird, erhält es sicherlich vom Schöpfer dieselben Rechte wie der Mann, seinen natürlichen Neigungen gemäß zu leben.

Der Mensch hat eine Familie gegründet; diese wurde durch sein Weib und seine Kinder gebildet. Mehrere Familien haben sich zusammen verbunden; sie haben einen Stamm gebildet; fünf

oder sechs Stämme gingen nachher gemeinschaftliche Verträge ein: Sie bildeten die Gesellschaft. - Wenn die Frauen die Stärkeren gewesen wären, hätten sie die Welt nach ihrem Willen eingerichtet, da aber die Männer die Stärkeren waren, wurden sie die Herrschenden und die Frauen hatten sich ihrem Willen zu unterwerfen.

Eines der Gebote, die den jungen Mädchen auferlegt wurden, war das Gebot der Keuschheit, eines von denjenigen, die den Frauen galten, das der Treue.

Indem die Männer diese Gesetze und Gebote den Frauen auferlegten, behielten sie sich das Recht vor, ihre eigenen Leidenschaften und Wünsche zu jeder Zeit und bei jeder Gelegenheit zu befriedigen, ohne daran zu denken, dass sie solchen Leidenschaften nicht freien Lauf lassen konnten, ohne die Frauen von der Erfüllung der ihnen auferlegten Verpflichtungen abzuhalten Die Frauen, welche ihnen ohne ihr Dazutun auferlegten Pflichten vergaßen, wurden für die Männer die Spenderinnen der süßesten Wonnen; zum Dank dafür wurden sie mit Schmach und Schande überhäuft.

„Aber das ist doch sehr ungerecht", meinte die kleine Violette.

„Ja mein Kind, es ist in der Tat sehr ungerecht. Deshalb haben sich auch einige Frauen dagegen aufgelehnt und haben sich gesagt: Was bietet mir die Gesellschaft als Entschädigung für die Sklaverei, die sie mir auferlegt? Die Ehe mit einem Mann, den ich vielleicht nicht lieben kann, der mich mit achtzehn Jahren für sich mit Beschlag belegt und der mich vielleicht für mein ganzes Leben unglücklich macht? Da ziehe ich schon vor, außerhalb der Gesellschaft zu bleiben, mir selbst und meinen Wünschen überlassen, und frei denjenigen zu lieben, der mir gerade am Besten passt. Ich werde eine natürliche, nicht eine gesellschaftliche Frau sein. Also vom gesellschaftlichen Standpunkt aus betrachtet, ist das, was wir gemacht haben, schlecht. Vom natürlichen Standpunkt aus indessen, haben wir weiter nichts getan, als

unseren Neigungen Folge geleistet, ohne sonst irgendwen zu kränken. Hast Du verstanden?"

„O ja. Sehr gut."

„Nun gut. Denke heute darüber nach und sage mir heute Abend, ob Du lieber das natürliche, oder das gesellschaftliche Weib sein willst."

Ich zog die Glocke; die Kammerfrau trat ein. Violette war im Bett und hatte sich bis ans Kinn zugedeckt.

„Madame Leonie", sagte ich, „ich empfehle das Fräulein ihrer besten Obhut. Ihre Mahlzeiten werden Sie von Chevet, ihre kleinen Kuchen und alles andere von Julian beschaffen; im Schrank ist Rotwein und in der Schublade der Etagere sind dreihundert Francs.

Ja, und noch etwas - holen Sie auch eine Schneiderin und lassen Sie dem Fräulein zu zwei einfachen, aber geschmackvollen Kostümen Maß nehmen. Auch werden Sie sich mit einer Wäschelieferantin in Bezug auf das Notwendige verständigen und von einer Modistin zwei Hüte beschaffen, die zu den Kostümen passen.

Hierauf küsste ich Violette: „Auf Wiedersehen heute Abend."

Am Abend kam ich gegen 9 Uhr. Die Kleine sprang mir entgegen, warf sich mir an den Hals und rief: „Ich habe nachgedacht!"

„Den ganzen Tag?"

„Nein, fünf Minuten."

„Und?"

„Ich will lieber das natürliche Weib sein!"

„Und Herr Beruchet?"

„Was geht mich Herr Beruchet an?" „Aber willst Du nicht zu Deiner Schwester gehen?"

Sie wurde nachdenklich.

„Was meinst Du? Gehst Du nicht gern zu Deiner Schwester?"

„Ich fürchte, dass das Herr Ernest nicht angenehm sein würde."

„Ja, wer ist denn dieser Herr Ernest?"

„Ein Herr, der sie immer besucht."

„Was tut er?"

„Er ist Journalist."

„Und warum meinst Du, dass es ihm nicht angenehm sein könnte, wenn Du bei Deiner Schwester bleibst?"

„Wenn mich Frau Beruchet auf Gänge schickte und wenn ich schnell auf einen Sprung zu meiner Schwester ging und Herr Ernest da war, dann sah ich, dass er immer verdrossen wurde. Er ging mit meiner Schwester ins andere Zimmer und schloss sich da ein. Einmal bin ich längere Zeit da gewesen und da waren sie alle beide ungehalten."

„Nun gut; reden wir nicht weiter darüber. Du wirst ein natürliches Weib sein."

III. KAPITEL.

Das liebe Kind! Es war in der Tat die Natur und zwar eine anbetungswürdige Natur, die aus ihr sprach.

In meiner Bibliothek waren viele ausgezeichnete Bücher; sie hatte den ganzen Tag über gelesen.

„Hast Du Dich nicht gelangweilt?" fragte ich sie.

„Gesehnt habe ich mich nach Dir; gelangweilt nicht."

„Was hast Du gelesen?"

„Valentine."

„Weißt Du, das ist ein Meisterwerk!"

„Das weiß ich nicht, aber ich weiß, dass ich sehr viel weinen musste."

Ich schellte; Madame Leonie trat ein.

„Bereiten Sie uns den Tee!" sagte ich. Und zu Violette: „Trinkst Du gern Tee?"

„Ich weiß nicht; ich habe niemals welchen getrunken."

Leonie hatte einen kleinen Tisch gedeckt und zwei feine Porzellantassen sowie ein japanisches Zuckergefäß daraufgestellt. In einem kleinen, silbernen Topf war Sahne. Leonie brachte uns den in der silbernen Teekanne aufgebrühten Tee, sowie kochendes Wasser in einem anderen japanischen Gefäß.

„Brauchst Du Madame Leonie?" fragte ich Violette.

„Nein - wozu?"

„Nun, um Dich auszukleiden?"

„Nein", sagte sie, indem sie ihre Gürtelschnur löste, „ich habe nur diesen Peignoir und das Hemd an."

„Also können wir Sie entlassen?" „Natürlich."

„So! Da sind wir ungestört." Und da Leonie hinausgegangen war, schloss ich die Tür hinter ihr ab.

„Also Du bleibst hier?"

„Wenn Du es erlaubst?"

„Die ganze Nacht?"

„Die ganze Nacht!"

„Oh - welches Glück! Also dann können wir zusammen schlafen, wie ich's schon manchmal getan habe?"

„So? Mit wem hast Du denn schon geschlafen?"

„In der Schule mit anderen Kameradinnen, die dort logierten, oder auch manchmal mit meiner Schwester."

„Und was hast Du gemacht, wenn Du so bei Deiner Schwester schliefst?"

„Was ich gemacht habe? Ich habe ihr „Gute Nacht" gesagt und bin eingeschlafen."

„Ist das Alles?"

„Na ja! Was denn?"

„Und wenn wir beide zusammen schlafen, glaubst Du, dass das ebenso sein wird?"

„Ich weiß nicht. Aber ich glaube, es wird wohl anders sein."

„So - und was werden wir wohl machen?"

Sie zuckte die Achseln. Nachher meinte sie: „Vielleicht - das, was Du mit mir heute früh gemacht hast." Und hiermit warf sie sich mir an den Hals.

Ich nahm sie in meine Arme und setzte sie auf meine Knie; dann schenkte ich ihr eine Tasse ein, die ich mit Sahne und Zucker versüßte und forderte sie auf zu trinken.

„Nun? Schmeckt's?" fragte ich.

„O ja!" erwiderte sie, ohne jedoch besonderen Enthusiasmus zu bezeugen.

„Es ist ganz gut, aber . . . "

„Nun? Aber?"

„Aber ich habe frische Milch lieber. Frische warme Milch, die soeben aus dem Euter der Kuh kommt."

Ihre Gleichgültigkeit dem Tee gegenüber wunderte mich nicht; ich habe öfter bemerkt, dass der feine Geschmack des chinesischen Getränkes nichts für natürliche, plebejische Gaumen ist.

„Morgen früh wirst Du frische Milch bekommen."

Hierauf folgte eine Stille; ich schaute sie an, sie lächelte.

„Weißt Du, was ich möchte?" sagte sie plötzlich.

„Nun?"

„Ich möchte gelehrt sein."

„Gelehrt? Wozu denn, um Gotteswillen?"

„Um alles zu verstehen, was ich nicht verstehe."

„Und was verstehst Du denn nicht?"

„O, eine Menge Dinge. Zum Beispiel, Du hast mich gefragt, ob ich jungfräulich wäre."

„Ja und?"

„Ich habe gesagt, ich weiß es nicht und Du hast gelacht."

„Allerdings."

„Nun, ich möchte wissen, was das ist, jungfräulich sein?"

„Nun, das ist - noch niemals von einem Mann geliebkost worden sein."

„Also bin ich jetzt nicht mehr jungfräulich?"

„Wieso?"

„Nun, Du hast mich doch heute Morgen geliebkost!"

„Liebes Kind, es gibt Liebkosungen und Liebkosungen. Die Liebkosung von heute früh, wenn sie auch sehr süß war - O ja - so ist sie doch keine von denen, die die Jungfräulichkeit zerstören."

„Und welche zerstören die Jungfräulichkeit?"

„Ja – da muss ich Dir zuerst erklären, worin eigentlich die Jungfräulichkeit besteht!"

„Nun, so erkläre dies!"

„Das ist schwierig!"

„Ach, Du wirst es schon fertig bringen!"

„Die Jungfräulichkeit ist der physische und seelische Zustand eines jungen Mädchens, die, wie Du, noch keinen Geliebten gehabt hat."

„Aber wie - noch keinen Geliebten gehabt hat?"

„Na, das ist - wenn Sie mit einem Mann noch nicht das gemacht, wodurch sich die Menschen vermehren."

„Haben wir das nicht gemacht?" „Nein."

„Also bist Du nicht mein Geliebter?"

„Vorläufig bin ich nur Dein Liebhaber." „Und wann wirst du mein Geliebter sein?"

„So spät als möglich!"

„Ist dies denn so angenehm?"

„Im Gegenteil – ich wünsche nichts auf der Welt so sehr, als Dein Geliebter zu sein."

„Gott, ist das langweilig! Ich verstehe schon wieder nichts."

„Der Geliebte eines Weibes sein, meine hübsche, kleine Violette, heißt im Alphabet des Glücks beim Buchstaben Z angelangt zu sein. Nun, siehst Du, es gibt vierundzwanzig Buchstaben vorher,

von denen der Handkuss so ziemlich als das A betrachtet werden kann." Hierauf nahm ich ihre kleine Hand und küsste sie.

„Und das, was Du mit mir heute früh gemacht hast, welcher Buchstabe ist denn das?"

Ich musste zugeben, dass das schon dem Z bedenklich nahe stand und dass ich eine große Reihe von Konsonanten und Vokabeln übersprungen hatte.

„Ich glaube, Du hältst mich zum Narren!"

„Nein, mein Engel, siehst Du, ich möchte, dass dieses reizende Alphabet so lange als möglich andauert, um jeden Buchstaben zu durchkosten. Denn jeder Buchstabe ist eine Liebkosung und jede Liebkosung eine Wonne. Ich möchte Dich nur nach und nach Deiner seelischen Unschuld entkleiden, so wie ich Dich nach und nach Deiner körperlichen Kleidung entledige.

Wenn Du angezogen wärst, so wäre jedes einzelne Kleidungsstück, das ich Dir abnehme, für mich eine neue Entdeckung; immer würde ich etwas Neues, etwas bisher Unbekanntes sehen: Den Hals, die Schultern, den Busen - dann nach und nach alles Übrige.

Leider bin ich recht brutal über alle diese Feinheiten hinweggestiegen; meine Augen haben Deine ganze Nacktheit bereits verschlungen; Du weißt gar nicht wie verschwenderisch Du mich damit beschenkt hast."

„War's denn nicht recht?"

„Ach weißt Du, ich liebe Dich zu sehr, ich habe zu großes Verlangen nach Dir, um alles zu berechnen und programmäßig vorschreiten zu können."

Ich zog die seidene Schnur auf, die ihren Peignoir um die Hüften festhielt und ließ das Kleidungsstück zur Erde gleiten; so hielt ich sie auf meinem Schoß, nur mit dem Hemd bekleidet.

„Willst Du also wissen, was die Jungfräulichkeit ist?" fragte ich,

da ich alle Sinne schwinden fühlte. „Nun, ich werde es Dir sagen – warte – hier - noch näher - Deine Lippen auf meine Lippen."

Ich drückte sie mit meinen Armen heftig an meine Brust; sie hatte ihrerseits ihren Arm um meinen Hals geschlungen, wobei sie verlangende Seufzer ausstieß und vor Wonne bebte.

„Fühlst Du meine Hand?" flüsterte ich. „Ja", hauchte sie zitternd.

„Und meinen Finger?"

„Ja."

„Das was ich berühre, ist die Jungfräulichkeit. Ich berühre die feine Haut, die zerrissen werden muss, damit das Weib zur Mutter werde. Sobald diese Haut zerrissen oder durchgestoßen ist, hört sie Jungfrau auf zu sein - das Weib beginnt.

Nun, was ich möchte, das ist, Dir und mir Deine Jungfräulichkeit so lange als möglich zu bewahren, indem ich Dir nur äußerliche Liebkosungen erweise, verstehst Du?"

Seitdem mein Finger sie berührt hatte, antwortete Violette nur durch Liebkosungen und Seufzer, die von kleinen, brünstigen Schreien unterbrochen wurden. Es dauerte nicht lange, so streckte sie sich krampfhaft aus, presste sich an mich, dass ich glaubte, sie wolle mich erdrücken und stammelte zusammenhangslose Worte; schließlich löste sie ihre Arme von meinem Halse, stieß einen tiefen Seufzer aus, ließ den Kopf nach hinten fallen und verblieb so eine ganze Weile, leblos, und unbeweglich, als ob sie tot wäre. Ich riss ihr dass Hemd herunter, entkleidete mich selbst in fieberhafter Hast und trug dann meine Kleine in's Bett, wo ich sie gegen meine nackte Brust presste.

Sie kam hier wieder zu sich; mein Körper lag auf dem ihren lang ausgestreckt, mein Mund war auf den ihren gepresst, ich saugte ihr ganzes Leben ein, sie das meinige.

„O - ich bin tot", murmelte sie. „Tot? Du tot?" rief ich.

„Das ist, als ob ich von mir sagen wollte, ich wäre tot."

„O nein - im Gegenteil - wir fangen erst an zu leben!"

Und ich bedeckte sie mit Küssen und bei jedem Kusse bäumte sie sich mir entgegen wie unter einem Biss. Auch sie küsste mich überall hin, indem sie beständig ein leises glühendes Stöhnen von sich gab. Wenn sich unsere Lippen begegneten, trat für Augenblicke eine Totenstille ein, während der unser Glück und unsere Extase ihren Gipfelpunkt erreichten.

Plötzlich stieß sie einen überraschten Schrei aus und fasste mit voller Hand zu - das was sie mit ihren kleinen Fingerchen fest umspannt hielt, war ihr bis jetzt völlig unbekannt gewesen, und als ob sich vor ihrem geistigen Auge ein Schleier löste, sagte sie stotternd:

„Ach – ich ver - ich verstehe - das ist das, womit - womit - nein, das ist unmöglich!"

„Violette", rief ich, „mein angebetetes Lieb, Du machst mich rasend, ich bin nicht mehr Herr über mich selbst!" Und damit wollte ich mich erheben.

„Nein, nein", rief sie eifrig - „bleibe hier, wenn Du mich liebst - oh, fürchte nicht, mir weh zu tun - Ich will . . . "

Sie schob sich unter mich wie ein Aal, umfing mich mit ihren Armen, schlug ihre Schenkel um meine Hüften und drängte ihren süßen, weißen Bauch heftig meinem Unterleib entgegen.

„Ich will!" Wiederholte sie. „Ich will!"

Plötzlich stieß sie einen lauten Schrei aus . . .

Ach, alle meine schönen Pläne waren vernichtet. Sobald die arme, kleine Violette erfahren hatte, was eigentlich die Jungfräulichkeit sei, hatte sie die ihre verloren.

Bei dem Schrei, den sie ausgestoßen hatte, hielt ich ein.

„Nein, nein", rief sie, „nur zu, weiter - Du tust mir weh, aber es schadet nichts - Ah - das Glück ist ja trotzdem so groß! Ich ertrag es gern - für Dich, Du Guter. Nur weiter halte nicht ein, ich bitte Dich, O, nein Christian, mein Geliebter mein - - O, welches Glück - - das ist ja kaum auszuhalten - - O Wonne, Feuer - Gott, ich sterbe - nimm - nimm meine ganze Seele!"

O, wie hat Mohamed so gut verstanden, mit welchen Versprechungen man den Mann betören muss! Er hat seinen Gläubigen das Paradies versprochen, das einzig erstrebenswerte Paradies voll überirdischer Wonnen, voller unglaublicher Seeligkeit, voller unausdenkbarer und immer erneuter Wollust. Was ist unser farbloser Himmel gegen diese Farben und seine Glut! Was ist die eisige Keuschheit unserer Engel gegen die sinnbetörende Jungfräulichkeit der Huris?

Wir verbrachten eine ganze Nacht voller Entzücken, Tränen, Seufzer, Stöhnen, voller unbegrenzter Träume der Wonne. Erst gegen Morgen sanken wir in einen tiefen Schlaf. Arm in Arm, Brust an Brust gepresst.

„Ach," sagte Violette beim Erwachen, „ich hoffe, dass ich jetzt nicht mehr jungfräulich bin."

IV. KAPITEL.

Der Schmerz den die arme Violette empfunden hatte, war nicht so arg gewesen, aber trotzdem peinigte sie die kleine Verletzung, wenn diese Pein nicht durch Lustgefühle überboten wurde. Ehe ich sie verließ, riet ich ihr ein Bad zu nehmen und dem Wasser etwas Kleie hinzuzusetzen, nachher sollte sie sich zwischen die Schamlippen ein kleines Schwämmchen schieben, das mit Malvenblütentee getränkt war.

Ich musste ihr bei meiner Auseinandersetzung erst noch erklären, was die großen und die kleinen Schamlippen seien, für einen Lehrmeister eine Obliegenheit, die nicht ganz reizlos ist.

Mit Hilfe eines Spiegels, ihres guten Willens und ihrer Biegsamkeit konnte sie bei sich selbst Anschauungsunterricht nehmen. In ihrer Unschuld war Violette noch niemals auf die Idee verfallen, sich selbst so eingehend zu untersuchen, und das, was sie jetzt sah, war ihr ebenso neu, wie die Sache, die am vorigen Abend ihr heftiges Erstaunen wachgerufen hatte.

Während der Nacht, die wir zusammen verbracht hatten, waren ihr einige Erkenntnisse gekommen, über die Art, wie die kleinen Kinder gemacht werden; aber natürlich ist der unsichtbare Teil weit komplizierter, als der sichtbare. Ich fange an ihr auseinanderzusetzen, dass das allgemeine materielle Ziel der Natur die Erhaltung der Arten sei und dass die Veredlung dieser, nur eben eine notwendige Begleiterscheinung sei.

Ich erklärte ihr, dass nur zu diesem höheren Zweck der Schöpfer die Vereinigung von Mann und Weib mit so überaus beseeligendem Lustgefühl verbunden habe, und dass demzufolge in der Anziehungskraft der Geschlechter, der beständige Sieg des Lebens über den Tod zu suchen sei.

Nachher ging ich noch zu den Details über und erklärte ihr noch den Gebrauch und die Tätigkeit eines jeden Organs. Ich fing bei der Clitoris an, dem Sitz der Lust bei jungen Mädchen, deren Vorsprung bei ihr selber noch kaum fühlbar war. Von hier aus

ging ich zu den großen und kleinen Schamlippen über, diesem Heiligtum der Liebe. Hierauf sprach ich über das Hymen, das wie ein verbergender Schleier schemenhaft über die jungfräuliche Tiefe der Vagina gespannt ist, die eines Tages der Weg zur Mutterschaft sein wird. Ich sagte ihr, dass wenn bei ihr dieser Schleier nicht gewaltsam zerrissen worden wäre, sie die kleine Öffnung hätte fühlen können, durch die die Menstruation austritt, die ihr so große Angst gemacht hatte. Ich erzählte ihr über den Muttermund und über das große Werk das dieses Organ während der Empfängnis und der Entwicklung des neuen Menschen ausführt. Dann schilderte ich ihr, wie weit die neuesten Forschungen der Wissenschaft uns über Art und Wesen der Empfängnis, Bildung und Geburt des Menschen aufgeklärt haben.

Das wissensdurstige und gelehrige Kind sog meine Worte mit der größten Spannung auf und es war ersichtlich, dass daran keines verloren ging. Als ich sie verließ, war sie in tiefen Gedanken versunken und wunderte sich, dass es so viele Dinge gäbe, von denen ihre Unschuld sich nichts hatte träumen lassen.

Ich hatte mir vorgenommen, mir aus Violette eine reizende Zerstreuung und Erholung zu machen, und kein Hindernis für meine täglichen Arbeiten, da mir mein Kursus an der medizinischen Hochschule sowie mein Studium der Museen immer nur die Stunden des Tages beanspruchten, so konnte ich diejenigen des Abends und der Nacht in der Rue St. Augustin zubringen. Als ich am selben Abend zu Violette kam, fand ich sie schon bereit, der Tisch war gedeckt und Sahne und kleines Backwerk standen darauf. Violette hatte bereits Hausfrau gespielt und so brauchten wir Leonie nur zu sagen, dass wir ihrer nicht mehr bedürften, um allein zu sein.

Am Abend vorher hatte ich einen Brief an Herrn Beruchet aufgesetzt, den Violette während des Tages abgeschrieben und weggeschickt hatte. Somit waren wir über diesen Punkt beruhigt,

Violettes Verschwinden würde nicht zu unangenehmen Erörterungen führen.

Sie hatte keine Zeit gehabt sich zu langweilen; alles was ich ihr am Abend gesagt hatte, hatte ihren Geist während des Tages vollauf beschäftigt. Sie war vor den Spiegel gegangen und hatte sich dort eingehend beschaut. Sie hatte ihren nackten Körper einer genauen Untersuchung unterzogen; aber da sie niemals andere weibliche Wesen nackt gesehen hatte, so konnte sie keinen Vergleich ziehen und das was vollkommen oder unvollkommen war, gelangte ihr nicht zum Bewusstsein. Schließlich hatte sie sich aus der Bibliothek ein Buch geholt und auch hierüber war sie in neues Staunen und Nachdenken versunken. Das Buch, das ihr in die Hand gefallen, war von Theophile Gautier und betitelte sich Manon de Maupin.

Manon de Maupin wagte es, sich als Kavalier zu verkleiden und als solcher verfolgte sie ein junges Mädchen mit ihren Liebesanträgen, bis es ihr gelang, eine jener Szenen herbeizuführen, zu deren völligem Verstehen eine große Kenntnis des klassischen Altertums unverlässlich ist.

Diese Szene beschäftigte den Geist Violettes über die Maßen. Ich setzte ihr auseinander, dass es, ebenso wie bei den Molusken, im höheren Tierreich, besonders bei den Frauen Wesen gäbe, die beide Geschlechter in sich vereinigen, welche Vereinigung, wenn auch nicht durch vollkommen ausgebildete sexuelle Organe beider Geschlechter, so doch durch eine besonders entwickelte Clitoris zu Tage träte. Ich erzählte ihr, dass die alten Griechen als Anbeter der Schönheit, die Idee gehabt hätten, eine Schönheit zu schaffen, die außerhalb der Natur lag.

Sie hätten die Sage erfunden, dass der Sohn Merkurs und der Venus beim Bade von der Nymphe Salmacis gesehen worden sei, diese habe die Götter gebeten, ihren Körper mit demjenigen, des von ihr geliebten Jünglings zu vereinen. Da die Götter sie erhört hatten, war aus dieser Verbindung von männlicher und weib-

licher Schönheit, ein Wesen entstanden, das beide Geschlechter aufwies, sowohl dem Mann wie auch dem Weibe gegenüber Regungen der Liebe empfand und im Stande war, diese Regungen durch die Tat zu befriedigen.

Ich versprach der Kleinen ihr im Museum den Hermaphroditen von Farnese zu zeigen, der weiblich auf einem Ruhelager ausgestreckt, die männlichen und weiblichen Reize verbunden aufwies.

Aber ich sagte ihr gleich, dass eine solche Verbindung von den zwei Geschlechtern in Wirklichkeit niemals so deutlich zu Tage trete, obgleich beinahe alle Weiber mit besonders verlängerter Clitoris eine lebhafte Zuneigung zu den weiblichen Wesen verspüren.

Hier war es an der Stelle die Geschichte der Sappho zu erzählen, die Begründerin einer Religion, die obgleich sie über hundertfünfzig Jahre vor unserer Zeitrechnung gestiftet wurde, noch heute in der modernen Gesellschaft so viele Bekenner zählt.

Ich erwähnte die Existenz von zwei verschiedenen Sapphos, die eine aus Eresas, die andere aus Mytilene; die eine Hätere, die andere Priesterin, die eine von vollkommener, die andere von mittelmäßiger Schönheit. Der Kultus den die alten Griechen mit der Schönheit trieben war so groß, dass sie für die Hetäre von Eresas wie für eine Königin Medaillen schlugen.

Die andere Sappho, die von Mytilene, die Priesterin und weniger hübsch, beschloss, als sie das mannbare Alter erreicht hatte, ohne jedoch jemals einen Mann geliebt zu haben, eine Verbindung gleich derjenigen der Amazonen zu gründen, mit dem Unterschied, dass die richtigen Amazonen einmal im Jahr Männer auf der Insel empfingen, wohingegen die Amazonen der Sappho von Mytilene niemals mit einem Vertreter des anderen Geschlechtes in Berührung kommen sollten. Jedoch sollten sie unter sich und mit anderen Frauen sich in jeder Art von Liebe betätigen dürfen."

„Aber", meinte Violette naiv, „was können Frauen unter sich denn eigentlich anstellen?"

„Nun, sie können zum Beispiel das machen, was ich Dir gestern mit dem Finger und vorgestern mit dem Mund gemacht habe.

Außerdem besagt doch der Name solcher Frauen schon zur Genüge ihre Art von Vergnügungen, man nennt sie Fricatrices und dieser Name ist von einem griechischen Wort hergeleitet, das „Reiberin" bedeutet.

Sappho erfand außerdem die Anwendung eines Instrumentes, das man aus Gummi verfertigte und dem man die Gestalt der männlichen Geschlechtswerkzeuge gab.

Hesekiel, der dreihundert Jahre nach dieser Sappho lebte, schalt auf die Frauen Jerusalems, die sich zu gern solcher Gebilde aus Gold oder Silber bedienten.

Also diese Sappho trieb die Sache so weit, dass Venus ihr Einhalt gebieten wollte, denn diese lesbische Religion verbreitete sich über die anderen griechischen Inseln und der Venus eigene Altäre wurden immer weniger besucht.

Nun gab es einen schönen Fährmann Namens Phon, der die Reisenden im Hafen von Mytilene von einem Ufer zum anderen beförderte. Venus nahm die Gestalt einer alten Bettlerin an und bat den Fährmann, sie unentgeltlich überzusetzen.

Dieser war mitleidig und erfüllte ihren Wunsch. Aber als er am anderen Ufer ankam, nahm Venus ihre wahre Gestalt an, und der Fährmann sah nun, dass er statt einer alten Bettlerin, die Göttin der Liebe übergesetzt hatte.

Die Erscheinung der holden Venus übte einen so deutlich sichtbaren Einfluss auf den schönen Fährmann aus, dass Venus sich veranlasst fühlte, ihn wegen seiner Gefälligkeit zu belohnen.

Sie hauchte in die Luft und alsbald wurden beide Gestalten von einer dichten Wolke umhüllt.

Nach einer Stunde verzog sich die Wolke. Phon war allein, aber Venus hatte ihn mit einem duftenden Öl beschenkt, mit dem er sich nur einzureiben brauchte, um sofort allen Weibern eine heftige Liebe einzuflößen.

Phon beutete die Zauberkraft des Öles tüchtig aus und als einst Sappho bei ihm vorbeikam und den Duft seines Haares, das mit dem Öle eingerieben war, geatmet hatte, erfasste sie eine ganz wahnsinnige Liebe zu dem schönen Fährmann.

Die Göttin Venus hatte es aber so gefügt, dass Phon der armen Sappho gegenüber unzugänglich blieb. Diese fühlte hierüber einen solchen Schmerz, dass sie sich nach Leucados begab, um hier vom Felsen herunterzuspringen."

„Warum wollte sie vom Felsen herunterspringen?"

„Weil es hieß, dass wenn ein unglücklich Liebender sich von dem Felsen in's Meer hinabstürzte und das andere Ufer erreichte, er von seiner Leidenschaft geheilt war . . . und erreichte er's nicht, sondern ertrank - nun, so war er erst recht geheilt."

„Und Du sagst, dass es solche Frauen gibt?"

„O ja, sehr viele!"

„Halt! Warte!"

„Nun?"

„Ich erinnere mich, dass . . ."

„Schau, schau - hast Du am Ende auch schon solche Dinge erlebt?"

„Weißt Du", sagte sie, „ich glaube beinahe so etwas."

„So? Donnerwetter, das fängt an, recht interessant zu werden. Erzähle mir doch diese Geschichte!"

Violette setzte sich auf meine Knie.

„Ja, denke Dir", sagte sie, „es kam immer zu Frau Beruchet, in

einem schönen Wagen mit zwei Pferden und einem schwarzen Diener, eine schöne große Dame, die man „Frau Gräfin" nannte. Wenn sie Korsetts oder Peignoirs oder Unterhosen kaufte, wollte sie immer, dass ich mit ihr in's Nebenzimmer käme, um sie ihr anzuprobieren. Zuerst hatte sie mir nicht mehr Aufmerksamkeit als den anderen Mädchen zugewendet, aber mit der Zeit wollte sie nichts mehr kaufen, wenn es nicht durch meine Hände gegangen war. Es ging so weit, dass man ihr nur zu sagen brauchte, dass dieser oder jener Artikel von mir verfertigt worden sei, um sie zu veranlassen, ihn sofort zu kaufen, obgleich ich manchmal die Sachen nie gesehen hatte.

Vor vier Tagen - aber Du siehst, ich hatte mich vorher gar nicht daran erinnert, jetzt erst fällt mir alles ein - vor vier Tagen war eine Bestellung bei ihr abzuliefern. Da schickte sie ihren Wagen und ließ sagen, dass ich mit den bestellten Sachen hinkommen solle und niemand anders. Ich begab mich in ihre Wohnung; sie war allein in ihrem Boudoir, das mit geschicktem Atlas ausgeschlagen war und voller Vasen und Porzellangefäßen steckte, in denen sich Blumen und Vögel befanden.

Ihre Kammerfrau, die mich hineingeführt hatte, bot ihr ihre Dienste an, aber sie meinte, dass ich genügen würde, und schickte sie weg. Kaum war die Kammerfrau gegangen, da sagte mir die Gräfin, ich solle die Sachen anprobieren, denn auf sich selbst könne sie den Sitz nicht gut beobachten, dazu müsse eine andere Person da sein.

Ich antwortete ihr, dass ich viel kleiner sei und dass sie deshalb den Sitz von Sachen, die für sie gemacht worden seien, auf mir schlecht würde beurteilen können, aber sie bestand auf ihrer Idee und fing an, mich zu entkleiden.

Ich ließ sie gewähren - was sollte ich – machen? Ich schämte mich und sagte kein Wort; bei jedem Kleidungsstück, das sie mir auszog und fortwarf, rief sie: „O, der hübsche Hals! Nein, diese

Schultern! Ach, dieser reizende Busen!" Und dann küsste sie mich hier und da und auf alle genannten Stellen und fuhr dann mit den Händen darüber hin und dann küsste sie wieder.

Auf einmal sagte sie: „Ja, die Hose muss anprobiert werden!" Es war eine hübsche Batisthose mit Spitzen; sie streifte mir meine Hose einfach hinunter und zog sie mir über die Schuhe ab. Dann steckte sie ihre Hand unter mein Hemd und sagte leise: „Ah die Kleine hat eine Haut wie Atlas so glatt und weich! - Höre, Kleine, wir werden einmal zusammen baden, ja? Ich werde Dich mit Mandelcreme abreiben und mit schönen weichen Schwämmen, und Du wirst weiß werden wie ein Hermelin und irgendwo ein hübsches, kleines, schwarzes Schwänzchen haben."

Die Gräfin lachte, als sie das sagte, und versuchte mir ihre Hand hierher auf meine Haare zu legen, aber ich machte plötzlich einen Sprung zurück.

„Nanu," rief die Gräfin, „was ist denn los, du kleine Wilde? Was hast Du denn? Warum springst Du davon? Hast Du Angst?" - Sie umfasste mich und fing an mich wieder zu küssen, aber da sie sah, dass ich sehr rot war und am ganzen Leibe zitterte, so wagte sie jedenfalls nicht, noch weiter vorzugehen. Sie nahm die neue Hose und sagte: „Hier, probiere einmal die Hose an!"

Ich tat, wie sie sagte. Die Hose war mir viel zu weit und zu lang; die Gräfin schob die Hand zwischen meine Schenkel, um die Hose im Schritt heraufzuheben. Während einiger Augenblicke verblieb ihre Hand an der Stelle; mir schien, als ob die Gräfin heftig erregt wäre, und als ob ihre Hand an meinem Körper leise zitterte.

Schließlich, als die Gräfin mich überall angefasst und gestreichelt hatte, sagte sie: „Na, lass nur hier; es wird schon passen!"

Dann kleidete sie mich wieder an und liebkoste mich ebenso wie beim Ausziehen. Als ich sie verließ, sagte sie mir: „Du, bereite Dich darauf vor, den nächsten Sonntag ganz mit mir zu

verbringen; wir werden zusammen baden, zusammen essen und nachher zusammen in das Theater gehen. Mache Dich hübsch; ich werde Dich gegen zwei Uhr nachmittags abholen!"

„Was?" rief ich, „Sonntag? - Das ist ja morgen!"

„Na, da wird sie einfach umsonst bei dem Magazin vorfahren", entgegnete Violette leichthin.

„Und Du hast mir von alledem noch kein Wort erzählt?"

„Was willst Du? Es sind mir seit drei Tagen so viele Dinge passiert, dass ich nicht an die Gräfin gedacht habe. - Na, die wird Augen machen!" Und Violette lachte und klatschte die Hände zusammen.

Ich hatte eine sonderbare Idee.

„Würdest Du Dich vor einer Frau, die Dir den Hof macht, sehr fürchten?" fragte ich.

„Ich? Warum fürchten?

„Weiß ich?"

„Nein! Überhaupt jetzt nicht, da Du mir doch so viel davon erzählst hast. Aber warum fragst Du? - Was denkst Du?"

„Ich? - Nichts. - Bloß - ich glaube, dass es mir viel Spaß machen würde, wenn ich zusehen könnte, wie eine Frau mit einer anderen bei solchen Gelegenheit verfährt."

„Als ob Du noch nie dergleichen gesehen hättest, Du Heuchler!"

„O nein! Ja, ich habe einmal Mädchen gesehen, die solche Sachen unter sich machten und bei denen man für's Zusehen bezahlen musste. Aber Du begreifst wohl, dass das nicht dasselbe ist - doch bloß Komödie."

„Nun ja, was willst Du? Jetzt ist's spät!"

„Nun, man könnte vielleicht die Verbindung mit der Gräfin wieder aufnehmen."

„Wieso?"

„Kennst Du ihre Adresse?"

„Nein."

„Du warst doch bei ihr?"

„Ja, aber ich saß im Wagen und habe mir weder Straße noch Nummer gemerkt."„Dann denken wir nicht mehr daran. Du wirst schon noch andere Liebhaberinnen finden, dessen kannst Du sicher sein."

"Nanu? Sind Sie denn gar nicht eifersüchtig, mein Herr?"

„Was? Eifersüchtig auf eine Frau? Wie komme ich denn dazu? Sie wird Dich immer unbefriedigt lassen und ich werde desto besser von Dir empfangen werden und Dir das, was sie Dir nicht bieten konnte, zu geben!"

„So? Aber wenn's ein Mann wäre?"

„Ach", sagte ich so ernsthaft wie möglich, „das ist etwas anders. Wenn Du mich mit einem Manne hintergehen würdest, würde ich Dich töten."

„A la bonne heure!" sagte Violette. „Ich fürchtete schon, dass Du mich nicht liebst."

„Ich - Dich nicht lieben? - Warte - Du wirst sehen!"

Zum Glück war es mir ein Leichtes, ihr meine Liebe zu beweisen. Ich nahm sie in meine Arme und trug sie aufs Bett. In einem Augenblick hatten wir uns nackt ausgezogen.

Bis jetzt hatte ich vergessen, den Vorhang vor dem Spiegel wegzuziehen; ich schob ihn nun bei Seite und Violette stieß einen Schrei des Entzückens aus.

„Ach", rief sie, „wie reizend! Wie schön wir uns hier sehen!"

„Sieh' immer hin, so viel Du willst!" „Ich wette, dass ich mir alles bis zum Ende im Spiegel mit ansehen werde!"

„Ich wette, dass Du das nicht tun wirst!"

Hiermit drückte ich einen heißen Kuss auf ihre Lippen und zog den Kuss hinunter bis zum leise duftenden Schamhügel.

„O", sagte sie, „wenn Du den Kopf dorthin steckst, kannst Du ja nichts sehen!"

„Siehst Du; ich werde mich damit begnügen, mir das Bild vorzustellen." Dann fügte ich hinzu: „A propos - wie geht's denn hier?"

„Na - soso, wenn ich gehe, tut mies etwas weh."

„Ich habe Dir doch geraten, ein kleines Schwämmchen mit Malventee hineinzustecken."

„Ich hab's gemacht."

„Hat's Dir gut getan?"

„O ja, sehr."

„Nun, ich werde die Heilung beschleunigen."

Hiermit nahm ich einen großen Schluck Milch aus der Kanne.

„Nanu - was machst Du?"

Ich machte ihr ein Zeichen, dass sie sich nicht beunruhigen und dass sie in den Spiegel schauen solle. Inzwischen war die Milch in meinem Mund lau geworden; ich beugte mich zu ihr herunter und drückte meine Lippen auf den kleinen zerstörten Spalt, durch den ich mit einem Kuss die warme Milch in mehreren Strahlen in das Innere der Vagina spritzte.

Beim ersten Strahl stieß Violette einen kleinen Schrei aus. „Was tust Du? - O - das ist so gut, so warm, so süß - es geht mir bis an's Herz. Das hast Du mir noch nicht gemacht. Du wirst mir noch vieles zeigen, ja?" Mein Mund war leer; ich lag meinen Pflichten als Krankenpfleger nunmehr mit denjenigen Mitteln ob, die mir noch geblieben waren, nachdem ich die Milch verbraucht hatte.

„Ah - das ist anders."

„Ja, das hast Du mir schon gemacht. - Aber heute ist's schöner als das erste Mal - Gott wohin hast Du Deine Zunge gesteckt – O, es tut wohl - nein, ich bin - im Himmel - selig - O Gott halt - ich sterbe - Nein, ich will nicht, ich will nicht - doch es kommt mit Gewalt - ich habe verloren - Mein Ge - mein Geliebter - mein - meine Seele - ich sterbe!"

Die hierauf folgende Nacht will ich nicht beschreiben, da sie für den Leser eine langweilige Wiederholung bedeuten würde, während sie damals für mich zwar eine Wiederholung, aber nicht im Geringsten eine langweilige war. Am nächsten Tage saß ich gegen Mittag in meinem Atelier und machte aus dem Gedächtnis eine Skizze von Violette, als ich jemanden läuten hörte und mein Diener kam, um mir anzukündigen, dass eine Dame, die sich „Gräfin von Mainfroy" nenne, mich zu sprechen wünsche.

Ich wusste sofort, dass das die geheimnisvolle Freundin Violettes sei, und bedeutete dem Diener, die Dame hereinzuführen.

Ich ging ihr bis zur Tür entgegen und führte sie in's Atelier. Sie schien ein wenig verlegen, ließ sich jedoch schließlich auf einem Feuteuil nieder und schob zögernd den Schleier, der ihr Gesicht verdeckte, zurück.

Es war eine große Frau von ungefähr achtundzwanzig Jahren, mit prachtvollem, blondem Haar, das ihr nach der Mode der damaligen Zeit in langen Locken bis auf die Schulter fiel. Ihre Augenbrauen, Wimpern, und Augensterne waren schwarz wie Jaspis, ihre Nase gerade, die Lippen rot wie Korallen, das Kinn etwas hervortretend; Brust und Hüften waren schön, aber nicht so voll, wie man bei ihrer körperlichen Größe erwarten konnte.

Sie sah, dass ich eine Erklärung ihres Besuches erwartete und sagte: „Mein Herr, Sie werden meinen Schritt vielleicht etwas

befremdlich finden, allein nur Sie können mir die Aufklärung geben, die ich wünsche.“

Ich verbeugte mich: „Ich würde mich glücklich schätzen Frau Gräfin, wenn ich im Stande wäre, irgendetwas für Sie tun zu können.“

„Mein Herr, bei der Wäschehändlerin hier unten war ein junges Mädchen, das Violette heißt.“

Und?“

„Seit drei Tagen ist sie verschwunden.

Als ich mich an die Ladeninhaberin und an die anderen Mädchen wandte, wurde mir gesagt, dass man nicht wisse, was aus ihr geworden sei. Als ich aber mit dem Besitzer des Geschäftes sprach, dem ich sagte, dass ich dem Mädchen ein genügendes Interesse entgegenbringe, um selbst die Polizei mit dessen Ermittlung zu beauftragen, wurde mir bedeutet, dass ich mich an Sie wenden solle, da Sie jedenfalls im Stande sein würden, mir über den Verbleib des Mädchens Auskunft zu erteilen. Ich hoffe demnach, dass Sie so freundlich sein werden, mir diese Auskunft zu geben.“

„Ich habe keinen Grund, das Kind vor Ihnen verborgen zu halten, da ich annehme, dass Sie ihm nur Wohlwollen entgegenbringen, Frau Gräfin. Jedoch hatte ich sehr triftige Gründe, sie den Nachstellungen des Herrn Beruchet zu entziehen. Dieser Herr hat Schloss und Riegel an der Kammer der Kleinen entfernt, um sie ungehindert zu jeder Stunde der Nacht besuchen zu können. Um zwei Uhr nach Mitternacht kam das Kind, um bei mir eine Zuflucht zu suchen; ich habe sie ihr gewährt, das ist Alles.“

„Wie - ist sie hier?“ rief die Gräfin lebhaft. „Hier - nein, Frau Gräfin, das wäre nicht gut gewesen; aber zum Glück besitze ich eine kleine Junggesellenwohnung, wo ich sie hingebracht habe.“

„Können Sie mir die Adresse geben?" „Mit Vergnügen, Frau Gräfin. Violette hat mir viel von Ihnen erzählt!"

„Was - Violette hat Ihnen von mir erzählt? Was hat sie . . ."

„Jawohl, Frau Gräfin."

„Sie hat mir gesagt, dass Sie sehr gut und liebevoll zu ihr gewesen seien und in dieser Zeit, wo das arme Kind des Schutzes dringend bedürftig ist, möchte ich sie um nichts in der Welt des Ihrigen berauben."

„Ich muss Ihnen danken, mein Herr, und Ihnen sagen, dass ich glücklich bin, dass die Kleine sich an Sie gewendet hat."

Unterdessen hatte ich die Adresse aufgeschrieben und mit meinem Namen „Christian" unterzeichnet.

„Erlauben Sie mir eine Frage", sagte die Gräfin, „wann, gedenken Sie Ihren Schützling zu sehen?"

„Heute Abend, Frau Gräfin."

„Wird sie heute Nachmittag nicht ausgehen?"

„Ich glaube nicht; Sie werden sie jedenfalls zu Hause antreffen, wo sie „Mademoiselle de Maupin" liest"; den Titel hatte ich ganz besonders betont.

„Haben Sie dieses Buch für Sie ausgewählt?"

„Nein, Frau Gräfin; sie liest, was sie will."

„Ich habe einige Besorgungen in der Rue de la Paix und werde mich nachher zu ihr begeben."

Die Gräfin erhob sich; ich begleitete sie bis zur Treppe und lief dann eilends auf den Balkon, von wo aus ich ihren Wagen sah, der die Rue de Rivoli entlang fuhr, um nach dem Vendôme-Platz einzubiegen.

Sofort nahm ich meinen Hut, stürzte die Treppe hinunter und war in ein paar Minuten in der Rue St. Augustin. Da ich den

Schlüssel hatte, öffnete ich geräuschlos und begab mich in's Toilettenzimmer, von dem aus ich durch ein kleines Loch in der Tür - das ich hatte anbringen lassen - Violette auf einer Chaiselongue ausgestreckt sah.

Sie war nur mit Hemd und Schlafrock bekleidet, die beide über der Brust offen standen; das Buch in dem sie las, lag auf ihren Knien und mit der Hand spielte sie zerstreut an der kleinen, roten Brustwarze, die aus einem Wald von schwarzen Haar, das die eine Brust überrieselte, wie eine Erdbeere auf schneeigweißem Grunde hervorleuchtete.

Kaum war ich einen Augenblick auf meinem Beobachtungsposten, als mir eine Bewegung Violettes anzeigte, dass sie das Klopfen an der Tür gehört hatte, das von draußen bis hierher drang. Das Klopfen wurde wiederholt und Violette wollte eben den Arm ausstrecken, um nach der Kammerfrau zu klingeln; aber sie entsann sich jedenfalls, dass diese ausgegangen sei, denn sie stand selber auf und näherte sich der Tür mit kleinen Schritten.

„Wer ist da?" fragte sie.

„Ich bin's, Ihre Freundin!" ertönte die Stimme der Gräfin im Hausflur.

„Meine Freundin?"

„Ja die Gräfin! Bitte machen Sie auf; ich habe extra eine Ermächtigung von Herrn Christian bekommen, die ich bei mir habe.

„Ah," sagte Violette überrascht, sich an unser Gespräch erinnernd, „seien Sie willkommen."

Hiermit öffnete sie die Tür. Die Gräfin trat ein und schloss die Tür hinter sich ab. „Bist Du allein?" fragte sie.

„Ja, ganz allein."

„Und Deine Kammerfrau?"

„Sie ist bei der Schneiderin."

„Ach, das ist schön. Ich war sicher, Dich hier zu finden und da ich mich ein wenig bei Dir aufhalten wollte, habe ich meinen Wagen weggeschickt. Ich werde in einem Mietwagen zurückkehren. - Willst Du mir eine oder zwei Stunden schenken?"

„O, sehr gern!"

„Freust Du Dich, mich zu sehen?" „Ja, sehr!"

„Du kleine Undankbare!"

Die Gräfin fing an, sich ihres Hutes und Schleiers zu entledigen, ebenso legte sie ihren Kaschmir-Schal ab und stand nun in einer Robe aus schwarzem Atlas da, die von oben bis unten durch Knöpfe aus rosa Koralle geschlossen war. Ebensolche Knöpfe trug sie an den Ohren.

„Undankbar?" sagte Violette. „Warum bin ich undankbar?"

„Nun ja! Wenn Du Dich einem jungen Mann anvertraust, anstatt zu mir zu kommen!"

„Ich wusste weder ihren Namen noch ihre Adresse."

„Erinnern Sie sich, dass Sie mich heute um zwei Uhr vom Geschäft abholen wollten?"

„Ich war da, aber der kleine Vogel war ausgeflogen. Allerdings hast Du diesmal einen sehr hübschen Käfig gefunden".

„Finden Sie?" sagte Violette. „Ist es hübsch hier?"

„Reizend! Wenn diese Maler eine Wohnung ausstatten, entwickeln sie meist einen vortrefflichen Geschmack."

Sie näherte sich Violette. „Ach, liebe Kleine, wissen Sie, dass ich Sie nicht einmal geküsst habe!" Sie nahm ihren Kopf mit beiden Händen und küsste sie heiß und innig auf die Lippen. Violette sträubte sich ein wenig, aber die Gräfin hielt sie fest.

„Sieh mal", sagte sie, indem sie wieder anfing die Kleine zu duzen, „wie Dein Kopf sich hübsch auf diesem schwarzen Atlas ausnimmt." Sie führte sie vor den Spiegel, der zwischen den beiden Fenstern angebracht war; das schöne blonde Haar der Gräfin fiel über das Gesicht der kleinen Violette und vermischte sich mit deren schwerem Haar.

„Ach, wie gern hätte ich blond sein mögen!" sagte Violette.

„Warum denn?"

„Weil ich die Blonden viel schöner als die Brünetten finde!"

„Ist das wahr, mein Schatz?"

„Ja!" sagte Violette, wobei sie die Gräfin mit mehr Neugierde als Hingabe ansah.

„Ja, aber ich bin ja nur eine halbe Blonde, erwiderte die Gräfin."

„Wieso denn?"

„Nun, ich habe doch schwarze Augen und schwarze Brauen."

„Aber das ist doch sehr hübsch!" meinte Violette naiv.

„Also findest Du mich hübsch?" „Herrlich!"

„Du kleine Schmeichlerin!" rief die Gräfin, indem sie Violette mit ihren Armen umfing und auf die Chaiselongue niederzog, wo sie sie auf den Schoß nahm.

„Sie werden müde werden", äußerte Violette.

„O nein. Wie warm es bei Dir ist, meine Kleine."

„Sie sind vielleicht ein wenig fest zugeknöpft."

„Ja, das ist richtig. Ich ersticke beinahe. Wenn ich sicher wäre, dass niemand käme, würde ich ein wenig mein Korsett ausziehen."

„O, Sie können ganz beruhigt sein, jetzt kommt niemand." „Na - dann . . ." Und die Gräfin knöpfte eilig ihre Robe auf und

 *Violette*

entledigte sich sofort ihres Korsetts, so dass sie unter dem schwarzen Oberkleid nur noch ein dünnes Batistgewand trug.

„Na, und Du, Kleine - ist Dir nicht zu heiß in Deinem Kaschmirrock?"

„O nein, sehen Sie, wie leicht ich angekleidet bin!"

Und Violette öffnete gleichfalls ihre leibliche Umhüllung und zeigte den verliebten Blicken der Gräfin ihr feines Batisthemd sowie die nackten Füßchen, die in den Samt-Pantöffelchen steckten. Die beiden Halbkugeln ihres Busens hoben sich deutlich und sinnverwirrend von dem fließenden Stoff des leichten Hauskleides ab.

„Jetzt schaut doch diese kleine Hexe!" sagte die Gräfin hingerissen; „sie ist man gerade siebzehn Jahre alt und ihr Busen ist entwickelter als der meine!" Hierbei konnte sie sich schon nicht mehr zurückhalten, und ihre Hand glitt in die Öffnung des über der Brust offen stehenden Hemdes.

„O, welches Wunder!" murmelte sie, „die Warze ist rosig wie bei einer Blonden! Ach, geliebtes Kind, das ist ein Pendant zu meinem blonden Haar und den schwarzen Augen. Lass mich diese kleine Knospe küssen!"

Violette schaute sich ratlos um, denn sie merkte, dass die Situation sonderbar wurde. Schon hatte die Gräfin ihren Mund auf den Busen gepresst und küsste nicht nur die Warze, sondern saugte daran und erfasste sie mit den Zähnen. Violette fing an, sich zu erwärmen.

„Ach - schaut den kleinen Schelm!" rief die Gräfin. „Das ist kaum geboren und weiß schon ganz genau, was gut ist! Jetzt kommt die andere Seite daran, denn sonst würde sie eifersüchtig werden."

Damit wandte sie ihre ganz spezielle Aufmerksamkeit der anderen Brustwarze zu, die sie genau so wie die erste behandelte.

> 64 <

„O, Madame, was tun Sie?" rief Violette.

„Aber liebes Kind, ich will Dich doch nur ein wenig liebkosen! Hast Du's nicht von dem Tage an, wo ich Dich zuerst sah, gemerkt, dass ich Dich so sehr liebe?"

„Wieso kann denn eine Frau ein Mädchen lieben?" fragte Violette mit gut gespielter Unschuld.

„Kleiner Dummkopf. Es gibt nichts Schöneres".

Jetzt ergriff sie ihr Kleid: „Dieses hässliche Kleid ist mir so unangenehm. Ich will es ausziehen".

„Wie Sie wünschen, Frau Gräfin."

„Nenne mich doch nicht immer so fremd und steif Frau Gräfin, das mag ich von Dir gar nicht hören."

Unterdessen hatte die Gräfin ihre Atlasrobe hastig abgestreift.

„Wie soll ich Sie denn nennen?"

„Nenne mich Odette, so heiße ich."

Und nun, als sie nur noch ihr feines Batistkeid an hatte, warf sie sich wieder auf die Chaiselongue, auf der Violette verblieben war, die inzwischen schnell ihr Kostüm über der Brust geschlossen hatte. Aber die Gräfin bemerkte das sofort.

„Nanu? Was ist denn das, Du kleiner Rebell: Willst Du Dich etwa hier in Verteidigungszustand setzen?"

„Gegen wen soll ich mich verteidigen?" „Na, gegen mich!"

„Gegen Sie? Sie wollen mir doch nichts Schlimmes tun, nicht wahr?"

„Nein, im Gegenteil", erwiderte die Gräfin und nestelte an Violettes Kleid herum, das sie öffnete, um es ihr auszuziehen.

„Aber dazu musst Du mich schon ein wenig gewähren lassen!"

„Was soll daraus werden, Frau Gräfin?

„O d e t t e heiße ich, Odette; ich will von Dir nur diesen Namen hören, verstehst Du?"

„Gut, aber wenn Sie . . ."

„D u, sagt man, nicht S i e!"

„Wenn Du - - nein, ich kann es nicht herausbringen!"

Die Gräfin umfasste liebesglühend Violettes beide Lippen mit den ihren und ließ sie ihre Zunge fühlen.

„D u, - - doch, Du musst Dich daran gewöhnen; sind wir denn nicht gute Freundinnen?"

„Ach, ich bin ein armes Mädchen aus dem Volke und Sie sind eine große Dame!"

„Ach was! Und was muss denn diese große Dame tun, damit Du ihr ihren Rang verzeihst? Hier, da hast Du! Die „große Dame" liegt auf den Knien vor Dir. Ist Dir das genug, Du kleine Stolze?" Tatsächlich lag die Gräfin auf den Knien vor der auf der Chaiselongue ausgestreckten Violette, aber sie benützte ihren augenblicklichen Standort dazu, um das Hemd der Kleinen ein wenig zu lüften. Tief tauchte ihr suchendes Auge in das Dunkel der Schlucht und weit öffneten sich ihre Nasenflügel.

„Oh," murmelte sie mit halb erstickter Stimme, „welche Schätze sind hier verborgen! - Gott, wie ist sie schön! Diese runden Schenkel! Dieser glatte Bauch! Aus welchem Marmor bist Du gemeißelt, meine süße, kleine Rebe? Ist das Pavos oder Carrara? Ach, und dieser kleine schwarze Fleck! - Mache ein wenig Deine Beine auseinander und lass mich ihn küssen!"

Sie schob ihren Kopf unter das Hemd. „Ach - wie riecht das gut! Oh, die kleine Kokotte! Portugiesisches Wasser!"

„Es ist das Lieblingsparfüm Christians."

„Das Lieblingsparfüm - Christians? Wer ist Christian?"

„Nun, mein Geliebter!"

„Was - Dein Geliebter? Du hast einen Geliebten?"

„Nun ja!"

„Und hat er Dich besessen?"

„Aber ja doch"

„Was - hast Du denn Deine Jungfräulichkeit nicht mehr?"

„I wo!"

„Seit wann, Unglückliche?"

„Seit zwei Tagen."

„Ah", die Gräfin stieß einen verzweifelten Schrei aus. „O die Gans! Einem Manne ihre süße Jungfräulichkeit zu opfern!"

„Ja - wem sollte ich sie denn opfern?"

„Mir, Mir. Ich hätte dafür gegeben, was Dein Herz verlangt hätte. Ach!" fuhr sie mit einer tragischen Gebärde fort, „ich werde Dir das niemals verzeihen."

Sie ergriff ihr Korsett und ihre Robe und schickte sich an, beides anzulegen.

„Was hat er Dir getan, Dein „Geliebter". Er hat Dich ohne Barmherzigkeit zerrissen, das hat er getan! Wage mir zu sagen, dass er Dir Vergnügen bereitet hat."

„Doch, er hat".

„Du lügst".

„Freilich - Vergnügen? Wonne hat er mir bereitet, eine unaussprechliche Wonne, vor der ich keine Ahnung hatte."

„Du lügst!"

„Oh - ich glaube vor Wonne vergehen zu müssen."

„Schweige, Schweige!"

„Aber was kann Ihnen denn das machen?"

„Wie? Was mir das machen kann? Aber er hat mir doch all mein Glück gestohlen. Ich hielt Dich für so unschuldig wie frisch gefallenen Schnee und wollte Dich in alle Wonnen der Liebe einführen. Ich hätte für Dich alle Tage eine neue Freude erfunden. Er hat Dich mit seiner rohen und klotzigen Geilheit beschmutzt. Ist denn das so eine große Wonne, sich von einer solchen rauhen Haut, die mit harten Borsten bedeckt ist, berühren zu lassen?"

„Oh - mein Christian hat eine weiche Haut wie eine Frau."

„So? Genug, ich werde nicht gegen ihn kämpfen. Adieu."

Heftig häkelte sie ihr Korsett zu.

„Wollen Sie denn gehen?" fragte Violette.

„Was soll ich hier? Du hast einen Geliebten. Oh - ich hätte es an der Art, wie Du Dich mir gegenüber zimperlich benommen hast, merken können."

Sie knöpfte eilends ihre Atlasrobe zu. „Wieder eine verlorene Illusion", rief sie bitter, „O, wir Frauen, die wir unsere weibliche Würde und unseren Stolz dem Mann gegenüber aufrecht erhalten wollen, sind sehr unglücklich. Ich habe mir mit Dir so viel Glück versprochen, Du schlechtes Kind. O - meine Brust droht zu zerspringen - ich muss weinen."

Sie fiel auf einen Stuhl nieder und schluchzte heftig.

Sie bot ein solch' rührendes Bild des tiefsten Jammers, dass Violettes Herz schmolz. Sie ging auf die Gräfin zu und ließ sich ihrerseits auf die Knie vor ihr nieder, unbekleidet nur mit dem Hemd angetan; wie sie war.

„Liebe Frau Gräfin, bitte, weinen Sie nicht mehr."

„Frau Gräfin, immer diese Frau Gräfin."

„Bitte, liebe Odette, Seien Sie gerecht."

„Sie? Sei gerecht."

„Wie soll ich gerecht sein?"

„Konnte ich's wissen, dass Sie mich liebten."

„Sie, Sie, immerfort dieses Sie - dass Du mich liebtest"

„Du hast es wohl nicht gemerkt, nicht wahr, als Du bei mir warst?"

„Ich habe wahrhaftig nichts gemerkt; ich war zu dumm."

„So - jetzt bist Du wohl nicht mehr dumm?"

„Nun - man hat mir unterdessen - die Augen geöffnet", sagte Violette lachend.

Die Gräfin wand sich in Verzweiflung. „Sie macht sich über meine Schmerzen lustig", rief sie empört.

„Nein, ich schwöre Ihnen - ich schwöre Dir!"

„Nein, nein", die Gräfin schüttelte traurig den Kopf. „Zwischen uns ist alles aus. Ich könnte vielleicht verzeihen, aber niemals vergessen. – Auch keine Schwäche. Du wirst mich nie mehr wiedersehen."

Und die Gräfin sprang voller Verzweiflung auf, stürmte durch die Tür hinaus und eilte die Treppe hinunter. Violette blieb ein paar Augenblicke in der Erwartung stehen, dass die Gräfin zurückkommen werde. Aber sie war wirklich erbost auf und davon.

Violette machte deshalb die Tür zu, und als sie sich umwandte, sah sie mich auf der Schwelle des Toilettenzimmers stehen. Sie stieß einen kleinen Schrei aus, eilte aber sofort entzückt in meine Arme.

„Ach, ich bin froh, dass ich so zurückhaltend gewesen bin", sagte sie.

„Na - hat Dir es nicht ein wenig Überwindung gekostet?"

„Nicht viel. Einen Augenblick gab's - als sie mir die Brustwarze küsste. Ich fühlte wie mir eine Flamme durch den Körper schoss." „So? Da werde ich in diesem Augenblick wohl keine Gewalt bei Dir anzuwenden brauchen?"

„O, nein!"

Ich nahm sie in meine Arme und setzte sie auf die Chaiselongue in der Stellung, wie sie vor der Gräfin gesessen hatte.

„Du hast ihr doch gesagt, dass ich den Geruch gern habe. Lass mich ein wenig riechen."

„Da!" jauchzte sie, und warf mir ihre Schenkel um den Hals. „Ach", rief sie nach einigen Minuten eines sehr beredten Schweigens, um zu sagen, „sie meinte, Du könntest mir kein Vergnügen bereiten."

Ich schöpfte Atem.

„Weißt Du", meinte ich, „die gute Gräfin war doch merkwürdig leicht und bequem gekleidet, in einem Augenblick war sie ihre Sachen los. Es liegt klar auf der Hand, dass sie diese Kleidung nicht ohne Vorbedacht gewählt hatte. Ich selber könnte mich Deinetwegen nicht geschwinder ausziehen, als sie es tat; viel hätte nicht gefehlt, und ich hätte sie noch weit weniger bekleidet gesehen."

„Das hätte Dir wohl Spaß gemacht, Du lockerer Vogel?"

„Gott - ich gestehe, dass eure beiden Körper nebeneinander ein schönes Bild abgegeben hätten."

„Das Sie nicht sehen werden, mein Herr!"

„Na, wer weiß?"

„Sie ist fort!"

„Sie wird wiederkommen!"

„Ja! Denkst Du?"

„Warum nicht?"

„Hast Du nicht gesehen wie wütend sie war?"

„Ich wette, dass Du noch vor morgen früh einen Brief von ihr bekommst."

„Soll ich ihn annehmen?"

„Ja, aber Du musst ihn mir zeigen." „Natürlich. Ohne Dich mache ich nichts."

„Versprichst Du's mir?"

„Mein Ehrenwort!"

„Also, ich verlasse mich auf Dich!" Es klopfte. Violette erkannte das Klopfen der Kammerfrau: „Es ist Leonie." Meine Toilette war etwas in Unordnung geraten; ich entschlüpfte eilig in's Nebenzimmer.

„Öffne", rief ich von dort. Violette öffnete.

Leonie hielt ihr einen Brief entgegen. „Mademoiselle", sagte sie, „der Neger, der mit der Dame von vorhin gekommen war, hat diesen Brief für Sie gebracht." „Wartet er auf Antwort?"

„Nein; er hat mir nur gesagt, ich solle Ihnen den Brief nur dann geben, wenn Sie allein sind."

„Sie wissen, Madame Leonie, dass das überflüssig ist; ich habe keine Geheimnisse vor Herrn Christian."

„Sehr wohl, Mademoiselle; hier ist der Brief."

Violette nahm das Schriftstück. Leonie entschwand und ich erschien wieder auf der Bildfläche. „Na siehst Du, sie hat nicht einmal bis morgen gewartet, um Dir zu schreiben."

„Du bist ein guter Prophet!" antwortete Violette und schwenkte den Brief in der Luft hin und her. Sie setzte sich auf meinen Schoß. Wir öffneten den Brief der Gräfin und lasen . . .

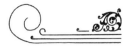 

V. KAPITEL.

„*Undankbares Kind! Obgleich ich mir selber geschworen hatte, Dich niemals mehr zu sehen und Dir auch nicht zu schreiben, ist meine Liebe zu Dir - meine Torheit, sollte ich sagen - doch so stark, dass ich nicht widerstehen kann. - Höre, ich bin Witwe und ganz unabhängig, dazu sehr reich. Da ich mit meinem Gatten sehr unglücklich war, habe ich allen Männern Hass geschworen, und diesen Schwur wenigstens habe ich gehalten. Wenn Du mich lieben wolltest, aber mich ganz allein liebst, so könnte ich vergessen, dass Du durch Berührung eines Mannes besudelt worden bist. Du hast mir gesagt: Du wusstest nichts von meiner Liebe, und diese meine Liebe klammert sich ängstlich und verzweifelt an dieses Wort an. Du wusstest nichts von ihr, und deshalb hast Du Dich einem anderen Menschen hingegeben. Oh, dass Du noch rein und unberührt wärest. Aber es gibt in dieser Welt kein vollkommenes Glück; ich muss mich wohl oder übel damit abfinden, Dich so zu nehmen, wie ein hässliches Geschick Dich gemacht hat.*

Nun wohl, wenn Du mich lieben willst, wenn Du ihn verlassen willst, ihn nie mehr wiederzusehen, so werde ich Dir nicht dieses oder jenes versprechen - aber alles, was ich besitze, soll uns beiden zusammen gehören. Wir werden zusammen leben; mein Haus, mein Wagen, meine Diener sind ebenso die Deinen. Wir werden uns nie mehr verlassen, Du wirst meine Freundin, meine Schwester, mein geliebtes Kind sein, Du wirst mehr sein als alles das: Nämlich meine angebetete Geliebte. Aber teilen kann ich nicht; ich bin zu eifersüchtig, ich würde sterben.

Antworte mir an die unterstehende Adresse. Ich erwarte Deinen Brief, wie ein mit dem Tode bedrohtes Geschöpf seine Rettung erwartet!

Odette.

Wir sahen uns lachend an.

„Na, sieh mal, die legt sich ja tüchtig in's Zeug", sagte ich.

„Sie ist verrückt", sagte Violette.

„Verrückt nach Dir, das ist klar. Was wirst Du tun?"

„Was ist da zu tun? Ich werde überhaupt nicht antworten."

„Im Gegenteil - antworte!"

„Wozu denn?"

„Sei es auch nur, um nicht ihren Tod auf Dein Gewissen zu laden."

„Du, mir scheint, dass es Dir darum geht, die schöne Gräfin - weit weniger bekleidet zu sehen."

„Du hörst doch, dass sie Männer verabscheut."

„Nun, Du würdest sie vielleicht bekehren."

„Ich? Wo denkst Du hin. Hohoho. Das ist lächerlich. Höre, wenn's Dir so arg missfällt. . ."

„Nein, nein. Nur versprich mir etwas." „Was denn?"

„Dass Du Dich niemals vollkommen über sie hermachst."

„Was soll das heißen?"

„Gebrauche ihr gegenüber Deine Augen, Deine Hände, sogar Deinen Mund - aber alles Übrige soll für mich bleiben."

„Ja, das schwöre ich Dir."

„Wobei?"

„Bei unserer Liebe - Also, kommen wir zum Briefe zurück. Denke darüber nach. Die Stellung, die sie Dir anbietet, ist nicht schlecht."

„Soll ich Dich verlassen? Das wird niemals sein. Du wirst mich vielleicht fortjagen, denn schließlich war ich's ja, die sich Dir aufgedrängt hat, aber verlassen werde ich Dich nicht. Eher sterbe ich".

„Nun gut, so lassen wir das."

„Das ist das Beste."

„Schreibe ihr so."

„Nun?"

„Nimm die Feder."

„Ich soll schreiben? Und meine orthographischen Fehler?"

„Lass nur, die Gräfin fragt viel danach. Sie würde jeden mit einem Louis bezahlen."

„Na, weißt Du, wenn ich ihr 25 Worte schreibe, so kommt ihr das auf 500 Francs zu stehen, nach Deiner Rechnung!"

„Schreibe nur."

„Ich bin bereit."

Ich diktierte und Violette schrieb:

„Gnädige Frau Gräfin!

Es ist zweifellos, dass ihr gütiges Anerbieten für mich das vollkommene Glück bedeuten würde, aber leider habe ich mich zu sehr beeilt und in den Armen eines Mannes - wenn auch nicht das vollkommene Glück, so doch einen Abglanz hiervon gefunden. Um nichts in der Welt möchte ich diesen Mann, den ich liebe, verlassen. Er würde sich vielleicht trösten, denn man sagt, dass die Männer unbeständig sind, aber ich selber wäre untröstlich.

Es tut mir außerordentlich leid, Ihnen dies sagen zu müssen, denn Sie sind sehr gütig zu mir gewesen und ich liebe Sie von ganzem Herzen. Ja, wenn zwischen uns nicht dieser große gesellschaftliche Abstand wäre, möchte ich mich glücklich schätzen, Ihre Freundin sein zu dürfen. Allein ich verstehe sehr gut, dass man nicht ein Wesen zur Freundin haben kann, dass man gern zur Geliebten gehabt hätte. Auf jeden Fall jedoch, sei es mir nun vergönnt Sie wieder zu sehen oder nicht, werde ich als eine meiner schönsten Erinnerungen den Augenblick betrachten,

wo Sie meinen Busen geküsst und ihren warmen Mund an meinen unscheinbaren Körper gelegt haben. Jetzt, da ich mich dieser Szene besonders erinnere, fühle ich mich von mir unerklärlichen Gefühlen überwältigt. Ich sollte Ihnen das eigentlich gar nicht gestehen, aber ich gestehe es auch nicht der hochverehrten Frau Gräfin, sondern meiner lieben Odette.

Ich verbleibe Ihre kleine Violette, die ihr Herz verschenkt hat, die aber ihre ganze Seele für Sie aufbewahrt."

Als ich diesen letzten Satz diktierte, warf Violette die Feder hin. „Nein, das schreibe ich nicht." „Warum denn nicht?"

„Weil Dir nicht nur mein Herz, sondern auch meine Seele gehört. Du kannst beide zurückweisen, aber deshalb kann ich sie nicht wieder nehmen. Ich habe sie verloren."

„Oh, Du kleiner Liebling!"

Ich nahm sie in meine Arme und bedeckte sie mit Küssen. „Ach, ich gebe alle Gräfinnen der Welt für eins von den feinen, kleinen Haaren, die mir manchmal im Schnurrbart hängen bleiben, wenn . . ."

Aber Violette ließ mich nicht ausreden, sondern legte ihre kleine Hand auf meinen Mund. Ich hatte bereits bemerkt, dass sie, wie alle feinen Naturen, zwar alles mit sich machen ließ, aber ein sehr empfindsames Ohr hatte. Ich habe diese zarte Absonderlichkeit oft bei Frauen bemerkt, die trotzdem ein neugieriges Auge, einen sehr gefälligen Mund, ein sehr hungriges Riechorgan und sehr geschickte Hände hatten.

„Nun?" fragte Violette, „was wird aus dem Brief?"

„Wir senden ihn der Gräfin."

„Durch die Post oder durch einen Dienstmann."

„Wenn Du noch heute Abend eine Nachricht von ihr haben willst, so schicke ihn durch einen Dienstmann."

„Sie wird nicht antworten."

„Nicht antworten? Haha! Sie ist stark im Feuer; sie muss dran glauben."

„Gut. Also schicke den Brief durch einen Boten. Ich möchte bald Antwort haben, denn die Sache fängt an mich zu interessieren."

„Gut; ich werde ihn besorgen. - Ich muss heute mit einigen Freunden essen, aber um neun Uhr werde ich hier sein. Wenn ein Brief kommt, so antworte nicht früher."

„Ich werde ihn nicht einmal öffnen." „Das verlange ich gar nicht von Deiner Tugend."

„Meine Tugend wird Dir jedes Opfer bringen, mit alleiniger Ausnahme dessen, Dich nicht mehr zu lieben."

„Also gut; auf heute Abend!" sagte ich ihr zwischen zwei Küssen.

„Auf heute Abend!"

Ich küsste sie ein drittes Mal und ging.

An der Ecke der Rue Vivienne fand ich einen Dienstmann, dem ich den Brief zur Besorgung übergab mit dem Bedeuten, eine etwaige Antwort in meine Wohnung zu Violette zu bringen. Ich selber war so neugierig auf die weitere Entwickelung dieser Angelegenheit, dass ich um dreiviertel neun Uhr bereits in der Rue St. Augustin war.

Violette kam mir mit einem Briefe entgegen.

„Du wirst mir nicht vorwerfen, zu spät gekommen zu sein!" sagte ich, indem ich auf die Wanduhr zeigte.

„Allerdings!" meinte Violette.

„Gilt dieser Eifer mir oder der Gräfin?" Ich nahm den Brief und steckte ihn in meine Tasche.

„Nun? Was soll's?" fragte Violette verwundert.

„Wir haben ja Zeit. Wir werden den Brief morgen lesen."

„Warum denn erst morgen?"

„Damit Du siehst, dass ich Deinetwegen komme und nicht wegen der Gräfin." Sie sprang mir an den Hals.

„Küsse ich gut?"

„Wie die Göttin der Liebe."

„Du warst mein Lehrmeister."

„So wie ich Dich gelehrt habe, dass die Zunge nicht nur zum Sprechen gemacht ist, nicht wahr?"

„Was die Meinige anbelangt, so hat sie außer zum Sprechen und Küssen noch zu nichts anderem gedient."

„Die Gräfin wird Dir zeigen, dass man sie auch anderweitig verwerten kann."

„Gib den Brief her."

„Wenn Du's verlangst?"

„Ich bitte Dich."

„Schön, warte wenigstens bis neun Uhr." „Du, wenn Du Deine Hand dahin legst, so werde ich die Uhr nicht schlagen hören." „Gut, lesen wir also den Brief."

Nun wandten wir der Uhr und deren Zeiger keine Aufmerksamkeit mehr zu, denn wir hatten beide große Lust, den Inhalt des Briefes zu erfahren. Also machten wir ihn auf und begannen zu lesen:

„Liebe kleine Violette!

Ich weiß nicht, ob der Brief, den ich soeben erhalten habe, Deinem eigenen Köpfchen entsprungen, oder ob er Dir diktiert worden ist. Tatsache ist, dass, wenn Du ihn allein verfasst hättest, Du ein wahrer kleiner Dämon wärst. Als ich Dich um drei Uhr verlassen hatte, schwor ich, Dich nicht mehr zu sehen und Dir auch nicht zu schreiben. Als ich Deinen Brief erhielt, nahm mir beim Durchlesen der ersten Hälfte vor, meinen Schwur

nun wahr zu machen und mich endgültig von Dir loszusagen. Aber da kommt die zweite Hälfte und es ist, als ob zwei Personen an dem Briefe geschrieben hätten. Ach, Du kleine Schlange, was hast Du? Du sprichst mir von Gefühlen, die Du gehabt hast, als ich bei Dir war - und vor meinem geistigen Auge sah ich Dich wieder auf der Chaiselongue ausgestreckt; ich fühlte wieder die zarte, rosige, süße Knospe Deines lieblichen Busens zwischen meinen Lippen, diese Knospe, die mit meiner Zungenspitze zusammenstößt und so steif und hart wird - und kaum konnte ich Deinen Brief zu Ende lesen, so zitterte meine Hand, so sehr um- schleierte sich mein Auge! Ach warum bin ich so besessen! Ich kann nur noch Deinen Namen flüstern und mich in einer glühenden Liebesqual hin- und herwinden; ich kann nur noch stammeln: Violette, Violette, wenn Du auch undankbar, herzlos und unrein bist - so wie Du bist, so liebe ich Dich trotzdem alledem und all meine Sehnsucht gehört Dir - ich - liebe Dich !

Ach - nein - ich nehme das alles zurück, es ist nicht wahr, ich verabscheue Dich - ich verfluche meine Hand, die das alles geschrieben hat. Nein, nein - ich war nur auf einen Augenblick von meinen Gefühlen überwältigt - ich nehme den Brief wieder auf, der mir einen Augenblick entfallen ist, da ich meine Finger in die Kissen meines Sofas krampfte. - Ich lese die Zeile, wo Du mir sagst, dass Du Dich daran erinnerst, dass ich Dich auf Deinen kleinen Körper geküsst habe. Ich sehe den kleinen schwarzen Fleck wieder, den ich soeben mit meinen Lippen, mit meinen Zähnen berühren wollte, als ein Wort von Dir - - O, ich will den schrecklichen Augenblick nicht noch einmal erleben - nein - ich will mich nur auf das Zeugnis meiner Augen, nicht auf das meiner Ohren verlassen - Gott - diese Schenkel! Gott, dieser Bauch! Allmächtiger Schöpfer, wie ist eine solche Schönheit möglich! Und das, was ich nicht gesehen habe! Wie muss das erst schön sein! Ich werde bei diesem Gedanken schon wieder so schwindlig wie vorhin. Nein, ich will nicht, ich bin krank, ich bin verrückt; morgen werde ich aussehen wie eine Vogelscheuche. Violette, Du fürchterliche Hexe,

Du Zauberin! Dein Mund, Dein Busen, Deine - O Gott! - Wann werde ich Dich wiedersehen?

Deine Odette, die sich sehr schämt und nicht weiß, was sie anfangen soll."

„Donnerwetter", sagte ich, „Du kannst Dich von Seiten Deiner Freundin nicht über Kälte beklagen! Das wird schön werden; im entscheidenden Augenblick werde ich von Euch beiden eine Skizze machen."

„Schweige!"

„Du, wir müssen etwas antworten. Was willst Du ihr sagen?"

„Weiß ich? Du diktierst ja, ich halte doch bloß die Feder!"

„Gut, also schreibe:"

Morgen früh um neun Uhr verlässt mich Christian; zu dieser Stunde nehme ich mein Bad. Sie haben mir doch einst angeboten, ein Bad mit Ihnen zu nehmen; ich biete Ihnen jetzt eins in meiner Wohnung und in meiner Gesellschaft an, obgleich ich nicht verstehe, was Sie dabei für ein Vergnügen haben können.

Von der Liebe zwischen zwei Frauen habe ich keine Ahnung; Sie werden vielleicht die Güte haben, mir die nötigen Fingerzeige zu geben. Ich weiß nichts davon und außerdem bin ich auch - offengestanden - noch etwas verwirrt durch diese ganze Sache.

Ich hoffe, dass Sie an mir eine gelehrige Schülerin haben werden, denn ich liebe Sie.

Ihre Violette.

Der Brief wurde versiegelt, adressiert, und Leonie wurde gerufen.

„Lassen Sie sofort diesen Brief durch einen Dienstmann an seine Adresse befördern. Aber so schnell wie möglich!" setzte ich hinzu.

„Ich werde ihn pünktlich besorgen, mein Herr."

Nach einer Minute kam Sie zurück.

„Mademoiselle", meldete sie, „der Neger der Frau Gräfin ist gekommen, um zu fragen, ob für die Dame eine Antwort auf ihren Brief abzuholen ist. Kann ich ihm den Brief geben, den ich soeben von ihnen erhalten habe?"

„Jawohl geben Sie ihm den Brief!" Leonie ging hinaus, diesmal aber um nicht wieder zu kommen.

„Du, Deine Gräfin hat's aber eilig," meinte ich.

„Meine Gräfin? Deine Gräfin willst Du sagen. Was soll ich denn morgen mit ihr anfangen?"

„Was Du willst. Ich überlasse das Deinem Taktgefühl."

„Nun gut, wir werden sehen. Unterdessen kannst Du mich ein wenig schadlos halten und ich - ich will Dir soviel Wonne bereiten, wie ich nur irgend kann!"

VI. KAPITEL.

Am nächsten Morgen befand sich Violette gegen neun Uhr in einem parfümierten Bad, während ich in einen Schrank gekrochen war, der in einer Ecke des Zimmers stand und von dem aus ich das ganze Gemach überblicken konnte. Um die empfindsamen Nerven der Gräfin nicht zu beleidigen, hatten wir Sorge getragen, alle Spuren meiner Anwesenheit zu beseitigen; sogar die Bettlaken waren mit Eau de Cologne und Ambra besprengt worden.

Punkt neun Uhr hielt der Wagen vor dem Hause und einige Minuten darauf wurde die Gräfin von Leonie in das Zimmer geführt. Odette verriegelte sorgfältig die Tür, ehe sie sich Violette zuwandte. Um die kommenden Szenen recht idyllisch und malerisch zu gestalten, hatte ich alle Fenster des Gemaches dicht verhängen lassen, so dass der Schauplatz sein Licht nur von der Ampel aus rosigem Kristall erhielt, die an der Decke angebracht war.

Die Gräfin stand auf der Schwelle, suchte das geheimnisvolle Halbdunkel mit ihren vom Sonnenlicht noch geblendeten Augen zu durchdringen und rief leise:

„Violette! Wo bist Du?"

„Hier!" antwortete die Kleine, „in der Badewanne!"

Die Gräfin machte einige hastige Schritte auf die Badewanne zu, in der sich Violette erhob, um ihr die von Wasser rieselnden Arme entgegenzustrecken, gleich einer Undine.

„Oh - mein geliebtes Kind!" Die Gräfin schloss sie heftig an ihre Brust, ohne darauf zu achten, dass ihr kostbares Kostüm aus schwarzem Samt, das am Hals mit einer großen Brillantenbrosche und um die Hüften mit einem prachtvollen, gold- und silberdurchwirkten Gürtel in russischer Stickerei geschlossen war, völlig durchnässt wurde. Dann ließ sie sich auf einen Lehnstuhl nieder und entledigte sich sofort ihrer hohen Stiefeletten, deren feines, weiches Leder sich gleich Strümpfen

dehnten und zogen, streifte ihre rosa Seidenstrümpfe ab und entfernte die Verschlüsse ihres Anzuges an Hals und Hüften; das schwarze Samtkostüm wurde hastig abgelegt und nun stand sie da, nur noch mit einem feinen Batisthemd bekleidet, das um Brust und Ärmel mit kostbaren Valenciennes besetzt war. Auch dieses Hemd fiel gleich darauf in weichen Falten zu Boden und die schöne Gräfin stand splitternackt im rosigen Lichtschein, anzusehen wie eine wunderholde, etwas herbe Diana. Ihr Körper war weiß, weich und biegsam wie eine schlanke Birke, ihr Bauch von tadelloser Glätte und Ebenmäßigkeit und nur am Unterleib schlug ein Wald von rotem Haar zwischen den Schenkeln empor, gleich den Flammen, die aus einem Krater dringen.

Sie näherte sich der Badewanne und wollte eben hineinsteigen, als sie von Violette angehalten wurde.

„Oh, lassen Sie mich Sie betrachten!" rief die Kleine: „Wie schön Sie sind! Das ist schon wert, dass man es mit Muße ansieht!"

„Findest Du, mein süßes Herz?" „O, ja!"

„Schau mich nur an, schau nur überall hin! Ich will Deine Blicke wie heiße Flammen auf mir ruhen und mich verbrennen fühlen. Alles gehört Dir, mein Liebling; alles, meine Augen, mein Mund, mein Busen, meine . . . "

„Auch dieses schöne Bukett von Haaren, mit dem märchenhaften Schimmer von neuem Kupfer?"

„Das ganz besonders."

„Welche Farbe! Oh diese Farbe! Dieses gleißende, schimmernde, neue, strahlende Kupfer. Was ist das schönste gelbe Gold gegen dieses glühende, heiße Rot des Kupfers, das eben aus den tiefsten Schachten des Bergwerks zu kommen scheint und auf der glatten, weißen Fläche des runden, weichen Unterleibes zittert. Wie kommt es wohl, dass die Farbe Ihres Kopfhaares ganz anders ist?"

„Ja, wie kommt es wohl? Wie kommt es wohl, dass ich eine Frau bin, die keine Männer liebt? Ich bin eben aus lauter Kontrasten zusammengesetzt. - Mach mir Platz, liebes Kind. Ich sehne mich danach, Dein Herz an dem meinigen schlagen zu fühlen."

Die Badewanne war groß genug, um zwei Personen Platz zu bieten. Die Gräfin stieg hinein und ließ sich neben Violette in's Wasser gleiten, das kristallklar war und alle die kostbaren Dinge wohl bedeckte, aber nicht verbarg. Die Gräfin schlang sich um Violette wie eine Eidechse; sie schob ihr Gesicht unter deren Achselhöhle und biss vorsichtig in das dort spießende, zarte Haar; sie wand sich empor und suchte Violettes Lippen.

„Ach," sagte sie, „endlich habe ich Dich, Du böses Kind und Du wirst mich für meine Leiden um Dich entschädigen! - Gib zuerst Deinen Mund her - Deine Lippen, die Zunge! Wenn ich daran denke, dass es ein Mann war, der Dir zuerst einen solchen Kuss gegeben hat - Gott, ich weiß nicht, was mich davon abhält, Dich auf der Stelle zu erwürgen!" Und der schöne Kopf der Gräfin schnellte wie der einer Schlange und versetzte der kleinen Violette beinahe nach jedem Wort Kuss um Kuss, während ihre Hand heiß und liebevoll deren runden Busen umspannt hielt.

„Oh, ihr geliebten Brüste!" murmelte die Gräfin berauscht - „ihr habt mir ganz und gar den Kopf verdreht, ihr habt mich verrückt gemacht!"

Sie streichelte mit zitternder Hand die weißen Halbkugeln, während sie diese aus halbgeschlossenen Augen mit wollüstiger Gier betrachtete und heftig atmete.

„Sprich doch, sage etwas, mein herziges Kleinnod!"

„Odette, geliebte Odette!" flüsterte Violette.

„Gott - wie sie das sagt, dieser kleine Eisberg! Als ob sie guten Tag sagte! Hast Du Angst, dass Dein Christian Dich hören könnte? Warte, warte, ich werde sofort ein kleines Kreuzchen vor die Note setzen, so dass sie um einen halben Ton höher klingen."

Hiermit glitt ihre Hand vom Busen zur Hüfte noch weiter nach unten, aber da hielt sie inne, gleich ob sie fürchtete, die letzte Grenze zu überschreiten.

„Fühlst Du wie mein Herz gegen das Deine schlägt? Oh, wenn es Dein Herz küssen könnte, wie meine Lippen die Deinigen küssen. Wenn es - fühlst Du?"

„Ja," murmelte Violette, die nun schließlich doch wohl oder übel, anfing sich zu erwärmen, „ich fühle - ich fühle Deinen Finger."

„Du bist noch zu zart und jung, dass ich kaum die süße, kleine Knospe fühle, die in der Natur die Blume des Lebens bedeutet - ah - da ist sie."

„Oh, Dein Finger ist leicht - er ist so zart - er zittert - und doch berührt er mich kaum."

„Willst Du etwas stärker? Willst Du?"

„Nein - so wie Du's machst, ist's gut."

„Aber Du? Wo sind denn Deine Hände?"

„Ich habe Dir schon gesagt, dass ich nichts kann, und dass ich erst alles lernen muss."

„Was - auch wie man sich in Wonne auflöst?"

„Oh nein, das kommt - das kommt von selbst - Gott - Odette - Odette - süße Od . . ."

Der Rest des Namens, der sich Violettes bebenden Lippen unter Stöhnen entrang, wurde von der Gräfin in einem heißen Kusse erstickt.

„Na siehst Du!" sagte sie.

„Aber es genügt nicht eine Sprache zu sprechen, man muss ihr auch den nötigen Accent verleihen."

„Ich bin eine gelehrige Schülerin," erwiderte Violette. „Ich wünsche nichts sehnlicher als meine Kenntnisse zu bereichern."

„Gut, so komme aus der Wanne heraus; ich kann meinen Kopf nicht unter das Wasser stecken, und ich muss noch ein paar Worte sagen, die mein Finger nicht hat ausdrücken können."

„Gehen wir," rief Violette, „im Kamin brennt ein hübsches Feuer und ich habe Wäsche vorbereitet."

„Komm," antwortete die Gräfin, „ich werde Dich abtrocknen."

Sie stieg aus dem Wasser, das ihr vom ganzen Körper herabrieselte; schön und stolz wie Thetis stand sie vor der Wanne; sie glaubte mich hintergangen zu haben und ihr schönes Gesicht erstrahlte im Triumph.

Violette, die sich von der Gräfin aus der Wanne heben ließ, warf einen Blick nach dem Schrank, in dem ich steckte, gleich als ob sie sagen wollte: „Sieh, was ich alles Dir zu Gefallen tue!"

Wie gesagt, waren alle Vorhänge vor den Fenstern zugezogen und als sich die beiden Gestalten dem Kamin näherten, wurden sie durch dessen Flammenschein bestrahlt. Die Gräfin hatte nur Augen für Violette. Sie machte sich sofort über sie her, um sie mit einem großen Schwamm abzureiben und bei jedem Körperteil, den sie rieb und betupfte, hörte ich ihre entzückten Rufe: „Oh dieser Hals! Diese schönen Lilienstängel! Sind denn das Arme? Nein Elfenbein ist es. Ach, und dieser Rücken!" Und so ging es weiter, Schultern, Busen, Kreuz, Hüften - alles wurde bewundert und gepriesen, wie ein Salomo es nicht besser machen könnte. - Was sie selbst anbetraf, so war ihr Körper vollblütig und warm genug, um in kurzer Zeit ganz getrocknet zu sein; Violette verhielt sich meistenteils schweigend, gänzlich passiv und ließ alles über sich ergehen.

Von Zeit zu Zeit hörte ich die Gräfin ihr Vorwürfe machen:

„Warum berührst Du meine Brüste nicht? Sind sie nicht schön? Ich denke mein Haar gefällt Dir so sehr? Warum wühlst Du nicht mit Deinen Fingern darin? So lange doch zu! Greife hinein - fasse alles an, tue was Du willst. Ich sage Dir, dass Du mir das

auch machen musst, was ich Dir mache; ich will mich an Deinen Fingern und an Deinem Munde ebenso ergötzen, wie Du's mit den meinen getan hast."

„Aber liebe Odette", antwortete die Kleine, „Du weißt doch, dass ich ungeschickt bin." „Ja, aber Du hast gesagt, Du willst lernen! Nun, ich werde Dir zeigen, wie man sich zu benehmen hat."

Die beiden nackten Gestalten kamen dicht an meinem Guckloch vorbei; die Gräfin trug Violette aufs Bett, das ich ganz bequem übersehen konnte. Sie legte sie quer über die Matratze, kniete vor ihn auf dem schwarzen Bärenfell nieder und öffnete ihr die Schenkel. Mit heißen Blick betrachtete sie das schöne Kleinod der Natur, dessen Anblick einem so direkt ins Herz geht, um plötzlich mit vorgestreckten Lippen und weit geöffneten Nasenflügeln sich heißhungrig über ihre Beute zu stürzen und heftig ihren Mund auf sie zu pressen.

Diese Liebkosung ist im Allgemeinen - unter den angegebenen Verhältnissen - der Triumph des Weibes, das sich zum Nebenbuhler des Mannes erheben will. Sie muss durch Geschicklichkeit, Geschmeidigkeit und Findigkeit ihre Geliebte dazu bringen, dass dieser nichts zu bedauern übrig bleibt, und dass sie nichts vermisst.

Anscheinend waren, als die Gräfin der kleinen Violette alle Wonnen des Paradieses versprach, alle diese Versprechungen ernsthaft gemeint und mit Überlegung gegeben. In der Tat war es - nach Violettes Benehmen zu schließen - der Gräfin gelungen, sie davon zu überzeugen, dass sie nichts übertrieben hatte als sie ihr alle möglichen Dinge in Aussicht stellte. Ich sah mit einer gewissen Eifersucht meine zarte, kleine Geliebte unter diesem unerbittlichen Mund, der bis auf den letzten Atemzug die Seele der armen Kleinen aufsaugen zu wollen schien. Sie drehte und wand sich, röchelte und stöhnte wie besessen, zuckte Schenkeln und Hüften wild herum, bebte, holte keuchend Atem und schien den Geist aufgeben zu wollen.

Allerdings war für mein verwöhntes Künstlerauge das Schauspiel bezaubernd und ganz danach angetan, mich für die kleine eifersüchtige Regung zu entschädigen.

Die Gräfin lag, wie gesagt, auf den Knien vor Violette, ihr Hinterer ruhte auf den beiden Fersen und ihr Körper folgte allen Bewegungen desjenigen der kleinen Violette; also konnte ich auch bei ihr fast dieselben Zuckungen und Windungen wie bei der Kleinen wahrnehmen, und da ihr weißer, biegsamer Rücken und die prachtvollen Linien der durch ihre Lage breitgedrückten Schenkel ebenfalls die verwunderlichsten und seltsamsten Bewegungen ausführten, so war es klar ersichtlich, dass sie in ihrer aktiven Rolle eine starke Befriedigung fand. Schließlich wurden Violettes Sensationen so wild und heftig, dass sie mit einem einzigen Satz vom Bett herunterschnellte und neben ihre Freundin auf das Bärenfell niederglitt, wo die beiden Körper nebeneinander ausgestreckt eine ganze Weile wie tot dalagen.

„Ach," hörte ich die Gräfin nach einer langen Ruhepause murmeln, jetzt komme ich daran; Du bist mir denselben Dienst schuldig."

Hiermit zog sie Violettes Hand auf das rötliche Haargeflimmer, das in so lebhaftem Kontraste zu ihrem blonden Haupthaar und den schwarzen Augenbrauen stand. Violette hatte inzwischen ihre Aufgabe wohl begriffen, aber die Gräfin schien trotzdem Grund zur Unzufriedenheit zu haben, denn ich hörte sie sagen:

„Nicht da, wo fährst Du den hin? Du bist ja viel zu weit oben - nein - da – ach - jetzt bist Du zu weit unten. Fühlst Du nicht meinen Kitzler, der hart ist - suche doch, da musst Du reiben. Kitzle mich da - ach - Du Schlimme, Du machst es wohl absichtlich?"

„Aber nein, ich versichere Dir, dass ich mein Bestes tue."

„Warum ziehst Du den Finger wieder zurück, wenn er kaum drauf ist?"

„Er ist abgeglitten." „O Gott - Du verbrennst mich ja, ohne die Flamme zu löschen!" rief die Gräfin, die sich in ungestilltem Verlangen auf dem Fell wand, wie ein Wurm.

„Höre", meinte Violette, „versuchen wir es auf andere Art."

„Wie denn?"

„Lege Dich auf's Bett, so wie ich vorher drauf gelegen habe; wirf den Kopf hinten über den Rand beim Spiegel. Ich werde vor Dir auf den Knien liegen und Dich so mit den Munde bearbeiten, wie Du vorher mich."

„Gut, wie Du willst."

Die Gräfin sprang auf und warf sich über das Bett, die Augen auf die Decke gerichtet, die Schenkel weit auseinandergespreizt, den Rücken durch die Wölbung der Matratze gebogen.

Diese Stellung war zwischen mir und Violette verabredet; ich kroch leise und behutsam auf allen Vieren aus meinem Versteck und näherte mich dem Bett.

„Na, liege ich so gut?" fragte die Gräfin, die sich mit einer reizenden Bewegung noch ein wenig bequemer rückte.

„Ja, ich denke," sagte Violette.

„Gut fange damit an, dass Du die Haare zu beiden Seiten auseinanderhälst."

Diese Aufforderung war nun allerdings an Violette gerichtet, aber ich war derjenige, der sie ausführte.

„So?" sagte Violette neben mir.

„Ja. Lege jetzt den Mund daran. Mache dann, was Du willst, aber bereite mir dasselbe Vergnügen wie ich Dir, sonst erwürge ich Dich."

Ich legte meinen Mund an die dargebotene Stelle und hatte keine Mühe, den Gegenstand, den Violette angeblich so schwer finden konnte, zu erreichen, umso weniger als er, wie ich es voraus-

setzte, bei der Gräfin von einer verhältnismäßig respektablen Größe war; man hätte ihn für eine jungfräuliche Brustwarze halten können, die durch Saugen und Kitzeln hart und straff geworden ist. Ich ergriff ihn mit den Lippen, die ich langsam hin und her bewegte.

Die Gräfin stieß einen Seufzer aus!

„Oh - das ist gut! Ja, wenn Du so fortfährst, so glaube ich - ah - ich glaube, dass es bald kommen wird."

Ich setzte meine Beschäftigung eifrig fort, indem ich Violette durch ein Zeichen die Rolle anwies, die sie bei der Szene spielen sollte. Bei mir war die Kleine freilich nicht so ungeschickt wie bei Odette: Sie tat sogar ein Übriges, denn da, wo ich .mich mit ihrer Hand begnügt hätte, brachte sie ihre süßen frischen Lippen hin und erwies mir denselben Liebesdienst, den ich der Gräfin darbot, nur dass unsere beiden Formen etwas verschieden voneinander waren.

Die Gräfin befand sich äußerst wohl.

„Aber wirklich", rief sie, „das geht ja brillant! Schau die kleine Heuchlerin!

Erst sagt sie, sie muss noch alles lernen, und jetzt na, für ein Novize machst Du Deine Sache gar nicht so schlecht, das muss ich sagen - ah - nicht so schnell -Gott, könnte es doch ewig dauern - ach es ist herrlich! Aber Du bist ja - Oh - Oh - so geschickt - so lieb - mit der Zunge - Ja - nur zu - Ah - Oh Gott - wie . . ."

Hätte ich reden können, so hätte ich dieselben schönen Dinge der Kleinen gesagt, die sich auch ganz hervorragend betätigte. Ich gestehe, dass die Liebkosungen, mit denen ich die Gräfin stimulierte; ich hatte noch nie meine Zähne in aromatischere Pfirsche gesetzt wie diesmal. Alles war fest und gediegen bei diesem jungen achtundzwanzigjährigen Weibe, wie bei einem Mädchen von siebzehn, und es war klar ersichtlich, dass die

Brutalität eines Mannes hier weiter nichts getan hatte, als eben den Weg zum Paradiese für Andere zu öffnen.

Ich beschränkte meine Fürsorge nicht nur auf die Klitoris, diesen Sitz der Wonne beim jungen Mädchen, sondern dehnte sie auch auf das Innere der Vagina aus, wo die gereifte Frau ebenfalls recht empfindlich ist. Meine Zunge tauchte hin und wieder in die heißen und ergiebigen Tiefen des verlängerten Muttermundes hinab, sodass die Gräfin zwar einen ebenso heftigen, aber anders gearteten Kitzel empfand. Überdies brachte ich hierbei, um der Gräfin keine Zeit zur Besinnung zu lassen, meinen Finger sofort an die Klitoris, wenn diese von der Zunge nicht mehr bestrichen wurde. Die Gräfin war von Bewunderung hingerissen.

„O noch niemals habe ich so etwas verspürt - das ist ja - Ich lasse Dich nicht eher fertig machen, als Du mir versprichst von vorne anzufangen. O - ich spüre alles: Deine Lippen, Deine Zähne, Deine Zunge - A, wenn's so weitergeht, kann ich mich nicht mehr halten - meine Sinne schwinden - Du es kommt - weißt Du - es kommt - Violette - bist Du denn im Stande, mir solche Wonnen - was tust Du - wie kannst Du so gut - Violette!"

Violette hatte weder Zeit noch Lust, zu antworten.

„Violette, sage mir, dass Du's bist. Nein, das ist ja gar kein Kind mehr, das ist ein erwachsenes Weib - Gott, welches Raffinement wahrhaftig."

Die Gräfin machte eine Bewegung, wie um sich zu erheben, aber ich drückte sie wieder sanft zurück. Auch begann in diesem Augenblick der eigentliche Höhepunkt; ich spürte wie sich unter meinen Lippen der ganze Apparat der Gräfin krampfhaft zusammenzog.

Natürlich verdoppelte ich meinen Eifer, ich zog den Schnurrbart mit in Aktion, der bisher nur zugeschaut hatte. Die Gräfin stöhnte, wimmerte und wandte sich, als ob sie auf der Folter läge; ich spürte den heißen Erguss der Liebe, der die Vagina herauf-

kam und als ich ein letztes Mal meine Lippen heftig und stark in den duftigen rosigen Schlund drückte, empfing ich die ganze Seele Odettes, die mir ihr ganzes Sein hingab.

In diesem Augenblicke konnte auch ich nicht mehr an mich halten und die arme kleine Violette erhielt von mir den Beweis einer ausgiebigen und gesunden Zeugungsfähigkeit. Sie lag wie vom Blitze erschlagen unter meinen Schenkeln, schwer atmend, mit brechendem Auge.

Als die Gräfin jetzt eine Bewegung machte, hatte ich nicht die Kraft ihr zu widerstehen. - Sowie sie die Szene überblickte, stieß sie einen fürchterlichen Schrei aus und war mit einem Satz in die Höhe und aus dem Bett geschnellt.

Ich sagte noch zu Violette: „Die Frau Gräfin ist vielleicht böse auf mich; siehe zu, dass Du uns wieder versöhnst", und zog mich dann eiligst ins Toilettenzimmer zurück.

Von da aus hörte ich zuerst ein hysterisches Geschrei, dann Geschluchze und hiernach Seufzer; ich schob die Portiere ein wenig bei Seite und sah hindurch: Violette suchte die Gräfin zu besänftigen, indem sie bei ihr meine Stelle einnahm - sie entledigte ihre Aufgabe zur Zufriedenheit, denn die Gräfin sagte:

„Ach ja, Kleine es war gut. Aber das vorhin - ich muss schon sagen - das war gottvoll." Und hiermit streckte sie mir die Hand entgegen, die ich ergriff. Der Friede war hergestellt.

Nun schlossen wir folgenden Vertrag:

1. Violette bleibt ausschließlich meine Geliebte.

2. Ich werde sie zuweilen der Gräfin leihen, aber nur in meiner Gegenwart.

3. Ich werde, so oft sie es wünscht, der Gräfin dieselbe Liebkosung erweisen, aber niemals in anderer Weise.

 Violette

Der Vertrag wurde in drei Exemplaren ausgeschrieben und von uns allen unterzeichnet. Eine Klausel besagte, dass, wenn die Gräfin mich mit Violette hinterging, d. h. sich mit ihr ohne mein Vorwissen unterhielt, ich dann dieselben Rechte über die Gräfin haben sollte, wie über Violette.

VII. KAPITEL.

Violette hatte befürchtet, dass meine Liebe zu ihr infolge meiner Zusammenkünfte mit der Gräfin erkalten könne; ich hätte dieselbe Befürchtung in Hinsicht auf ihre Freundschaft mit der Gräfin hegen können, aber nichts dergleichen geschah.

Unsere gegenseitige Anhänglichkeit wurde nur immer größer und unsere Vergnügungen intensiver und heftiger.

Da wir uns gewissenhaft an die Abmachungen unseres Kontraktes hielten, war weder für mich noch für Violette Grund zur Eifersucht vorhanden.

Anders lag die Sache freilich für die Gräfin, die heftige Eifersuchtsqualen litt, wenn ich in ihrer Gegenwart meine alten Rechte über Violette geltend machte. Sie konnte nur dadurch besänftigt werden, dass ihr Violette zur selben Zeit die lebhaftesten Liebkosungen erwies, während sie die meinigen empfing.

Natürlich hatte ich mir der Gräfin gegenüber in Bezug auf Violette keinerlei Einschränkungen auferlegt, so dass ich mich nach wie vor ungestört ihres Besitzes erfreuen konnte. Wenn wir beide allein waren, genossen wir alle Freuden der Einsamkeit zu zweien in einem verschwiegenen Nestchen, und wenn die Gräfin dabei war, gab es allerlei Anregungen und Posen.

Da ich Maler bin, so hatte ich oft die Gelegenheit, die beiden Frauen zu interessanten Betätigungen und Stellungen zu veranlassen, während welcher mein Bleistift schnell über mein Skizzenbuch glitt. Auf diese Weise war es mir möglich, weibliche Körper und Glieder in Rundungen und Bewegungen festzuhalten, wie es in der Akademie oder sonst bei Modellen kaum möglich ist.

Immerhin vergaß ich nicht Violettes Wünsche, in Bezug auf ihre künftige Laufbahn als Schauspielerin. Ich hatte sie die „Iphigenie" von Racine, „die falsche Agnes" von Moliére und die „Marion Delorme" von Victor Hugo studieren lassen, denn

ich glaubte in ihr ziemlich solide Anlagen für die Bühne entdeckt zu haben.

Die Gräfin hatte ihre Erziehung im Kloster „des Oiseaus" genossen; dort hatte sie an Festtagen und bei sonstigen festlichen Gelegenheiten in kleineren Stücken, die aufgeführt wurden, mitgewirkt. Ihr schöner Wuchs und ihre starke Stimme kamen bei den Studien und Repetitionen, die sie mit Violette betrieb, gut zur Geltung, besonders, wenn ich beide Frauen, mit echt griechischen Kostümen angetan hatte, die einzelne Gliedmaßen frei und unbedeckt ließen, und in denen sie in dem Stück von Racine alle die heftigen Regungen einer starken Leidenschaft sehr eindrucksvoll zur Schau bringen konnten.

Da auch außer mir einer meiner Freunde, ein Bühnendichter, Violettes Anlagen erkannt und gerühmt hatte, so erbat ich mir von ihm ein Empfehlungsschreiben für einen dramatischen Lehrmeister. Mein Freund stellte mir ein solches gern aus, bemerkte jedoch lächelnd, dass ich Violette vor den eventuellen Zudringlichkeiten des Professors X. warnen solle. Ich brachte meine Kleine zu Herrn X., dem ich den Brief meines Freundes übergab. Violette wurde von ihm geprüft und das Ergebnis war, dass er sie als zu heiteren Stücken ganz besonders geeignet fand.

Violette erhielt „Chêrubin" zum ersten Studium. Drei Wochen lang ging alles gut, aber nach dieser Zeit warf sich mir Violette eines schönen Tages an den Hals und erklärte, dass sie nicht mehr zu Herrn X. gehen wolle. Auf meine Frage erhielt ich zur Antwort, dass das, was mein Freund vorausgesehen hatte, eingetroffen sei. Während der ersten vier oder fünf Lektionen habe er sich fein und liebenswürdig benommen, nachher aber habe er, unter dem Vorwande, ihr diese oder jene Stellung zu weisen, sich Berührungen und Griffe erlaubt, die allzu deutlich bekundeten, dass er sich für die junge Schülerin mehr als notwendig interessiere.

Violette bezahlte ihm die Lektion und ging nicht mehr hin. Also mussten wir nun einen anderen Lehrmeister suchen. Wir fanden ihn; er fing wie sein Vorgänger an und endigte wie dieser, oder wenigstens so ähnlich.

Eines schönen Tages, als sie zur Lektion erschien, sagte ihr ein Diener, dass der Herr Professor ausgegangen sei und das Fräulein gefälligst warten möge. Violette wurde in sein Arbeitszimmer geführt und allein gelassen. Auf dem Schreibtisch lag ein aufgeschlagenes Buch, betitelt „Therese Philosophe". Der Titel sagte ihr nichts, aber das erste Bild, das sie aufschlug, war etwas deutlicher. Kurz, das ganze Buch war eine entsetzliche Schweinerei voller außerordentlich obszöner Bilder. Vielleicht hatte der Professor das Buch aus Versehen offen liegen lassen. Violette behauptete das Gegenteil und weigerte sich, wieder hinzugehen.

Sie war, wie ich schon früher gesagt habe, zwar sehr leidenschaftlich, aber alles andere als frech oder schamlos. Während der drei Jahre, die ich sie kannte und während unserer zahlreichen Orgien zu Zweien oder Dreien, habe ich sie niemals ein unflätiges Wort sagen hören.

Der zweite Professor wurde abgelohnt wie der erste und wir dachten darüber nun nach, wie wir Violette vor dergleichen Unannehmlichkeiten am besten behüten könnten. Es war eine schwierige Lage, aber sie musste irgendwie geregelt werden. Schließlich kam ich auf den Gedanken, für Violette einen weiblichen Lehrer zu suchen.

Ich befragte eine mir befreundete, rühmlichst bekannte Künstlerin; diese unterhielt ihrerseits freundschaftliche Beziehungen zu einer sehr talentierten Jüngerin Thalias, die bereits am „Odeon" und an der „Porte-Saint-Martin" mit vielem Erfolg gespielt hatte. Sie hieß Florence. Ich entschloss mich, Violette zu der Dame zu führen, ohne zu ahnen, dass ich oder vielmehr Violette vom Regen in die Traufe kam, denn Florence war, wie

ich erst später erfuhr, eine der leidenschaftlichsten Tribaden von Paris.

Sie hatte nie von Heirat reden hören wollen und niemals hatte sie einen Liebhaber gehabt. Nichtsdestoweniger hielten wir über den Fall einen großen Familienrat, d. h. die Gräfin, Violette und ich.

Ich selber wollte den Kreis meiner Bekanntschaften nicht ausdehnen, weshalb ich ein Zusammentreffen zwischen der geheimnisvollen Florence und mir gern vermieden hätte. Jedoch wollte ich gern Violette auf dem einmal betretenen Wege vorwärts bringen und sprach mit der Gräfin über die Angelegenheit.

Je mehr die schöne Odette von Florence hörte, desto mehr sah ich ihr Gesicht erglänzen und ihre Augen erstrahlten und schließlich fand ich sie zu Folgendem bereit. Sie sollte die Bekanntschaft der Schauspielerin suchen und ihr nachher Violette zuführen, jedoch immer noch genug Eifersucht durchblicken lassen, um die eventuelle Begehrlichkeit der Lehrmeisterin im Zaume zu halten.

Die Gräfin mietete sofort eine Prosceniumsloge im Theater, in dem Florence damals die erste Rolle spielte. - Sie erschien jedes Mal beim Auftreten der Schauspielerin und bekleidete sich dazu noch in ein auffallend modernes und hochelegantes Männerkostüm, das ihr vortrefflich stand.

So ließ sie sich beinahe jeden Abend in ihrer Loge nieder, zog den Lichtschirm vor die Brüstung und konnte mithin nur der Schauspielerin, nicht aber vom Publikum gesehen werden. Mit ihrem Phantasie-Kostüm machte sie einen höchst distinguierten Eindruck. Sie trug einen Gehrock aus schwarzem Samt mit Atlas gefüttert, ein Beinkleid aus feinem, wassergrünem Tuch, eine isabellafarbige Weste und eine charmoisinfarbene Halsbinde. Dieses alles in Verbindung mit einem kleinen, schwarzen, aufgeklebten Schnurrbärtchen und den schwarzen Augen, verlieh

ihr das Aussehen eines jungen Gecken von achtzehn Jahren aus vornehmen Hause.

Jeden Abend lag ein enormes Bukett aus dem Atelier der Madame Bargon neben ihr auf einem Stuhl; jeden Abend flog das Bukett der Schauspielerin zu Füßen.

Eine Schauspielerin, die an drei oder vier Abenden hintereinander Buketts zu 40 oder 50 Francs zugeworfen bekommt, gerät doch schließlich einmal auf den Einfall, sich den Spender dieser Dinge anzuschauen.

Florence sandte ihre Blicke in den dunklen Schlund der Prosceniumsloge und bemerkte den jungen, hübschen Menschen. Sie fand ihn sehr nett und sagte sich: „Wie schade, dass es ein Mann ist!"

So hielt das Bukettwerfen von der einen Seite und das Bedauern von der anderen Seite noch ein paar Tage an. Am fünften befand sich ein Briefchen am Bukett.

Florence sah es wohl, aber da es nur von einem Herrn kam, so vergaß sie es aufzumachen, und erinnerte sich seiner erst als sie bereits zu Hause war. Sie hatte eben still und stumm mit ihrer gewöhnlichen Melancholie ihr Abendessen eingenommen und sich an den Kamin gesetzt, als sie sich an das Briefchen erinnerte.

Sie rief ihre Kammerfrau.

„Mariette, am Bukett von heute Abend war ein Brief; bringen Sie mir den." Mariette brachte ihn.

Florence öffnete und las. Aber bereits bei der ersten Zeile schwand ihre Melancholie. Sie las nämlich Folgendes:

Anbetungswürdige Florence!

Ich muss sagen, ich schreibe Ihnen mit einer brennenden Schamröte auf Stirn und Wangen. Aber was soll ich machen: Jeder von uns hat sein Teil Geschick zu tragen. Das Meinige ist, Sie gesehen zu haben und Sie

zu lieben wie - Sie werden sich das durch den gewöhnlichen und oft gebrauchten Vergleich „wie ein Wahnsinniger" ergänzen aber leider - bedauern Sie mich, meine angebetete Freundin, ich darf das nicht schreiben: Ich liebe Sie wie eine Wahnsinnige!

Ach, lachen Sie mich aus, verachten Sie mich, stoßen Sie mich zurück - von Ihnen nehme ich alles entgegen, auch die schlimmsten Beschimpfungen!

Odette.

Bei den Worten, ich liebe Sie wie eine Wahnsinnige, stieß Florence einen Schrei aus. Vor ihrer Kammerfrau hatte sie keine Geheimnisse.

„Mariette, Mariette," rief sie freudig, „es ist eine Frau!"

„Ich habe mir's gedacht!" sagte Mariette ruhig.

„Warum hast Du es mir denn nicht gesagt?" „Man kann sich täuschen."

„Oh, wie schön muss sie sein!" sagte Florence.

Nach einer Weile, während der Florence im Geiste sich die Gestalt vorstellte, die unter der Männerkleidung der Gräfin verborgen sein musste, sagte sie sehnsüchtig: „Wo sind die Buketts?"

„Sie erinnern sich wohl, Madame, dass Sie mir befahlen, sie wegzuwerfen, da Sie glaubten, sie wären von einem Herrn."

„Und das von heute Abend?"

„Das ist hier!"

„Bring es her!"

Mariette brachte es. Florence betrachtete es mit Wohlgefallen.

„Ist es nicht herrlich?"

„Nicht herrlicher als die anderen waren."

„Glaubst Du?"

„Sie haben die anderen gar nicht angesehen."

„Gut; aber dieses hier werde ich aufmerksamer ansehen. - Hilf mir, mich zu entkleiden."

„Sie werden doch nicht das Bukett im Zimmer behalten wollen, Madame?"

„Warum nicht?"

„Weil es eine Magnolia, Tuberosen und Flieder enthält; das sind alles Blumen mit sehr starkem Duft, die Ihnen heftiges Kopfweh verursachen können."

„Ach wo. Das glaube ich nicht."

„Madame, ich bitte Sie, mich das Bukett wegnehmen zu lassen."

„Du wirst mir den Gefallen tun, es nicht anzurühren."

„Wenn Madame sich vergiften will, so kann sie das nach Belieben tun!"

„Wenn man sich mit Blumen vergiften könnte, so wäre es immer noch besser, auf einmal inmitten von Blumen zu sterben, als so in drei-vier Jahren langsam durch Lungenleiden hinzuwelken, wie es bei mir der Fall sein wird."

Als ob Florenco ihre düstere Prophezeiung bekräftigen wollte, hustete sie ein paar Mal leise in kleinen Stößen. „Wenn Madame in drei oder vier Jahren stirbt, so hat sie es selber so gewollt", sagte Mariette die den Rock ihrer Herrin aufgehäkelt hatte und heruntergleiten ließ.

„Wieso?"

„Ich habe ganz gut gehört, was gestern der Arzt zu Madame gesagt hat."

„Das hast Du gehört?"

„Jawohl"

„Du hast gehorcht?"

„Nicht absichtlich; ich war gestern im Toilettenzimmer und wollte gerade das Bidet ausgießen - man hört manchmal ohne zu horchen."

„So? Was hat er denn gesagt?"

„Er hat gesagt, es wäre besser, Madame nehme sich drei oder vier Liebhaber als dass sie fortfährt, das zu tun, was sie immer allein in ihrem Zimmer tut."

Florence schüttelte sich. „Ich liebe die Männer nicht; was soll ich machen?" Dabei atmete sie heftig an dem Bukett der Gräfin.

„Wollen Sie sich setzen Madame, damit ich die Strümpfe abziehe?"

Florence ließ sich, ohne zu antworten auf einen Lehnstuhl nieder; ihr Gesicht war noch immer in den Blumen vergraben. Sie ließ sich von Mariette Schuhe und Strümpfe ausziehen und dann die Füße baden. In das lauwarme Wasser hatte die Kammerfrau einige Tropfen „Extrait de mille fleurs" von Lubin gegossen.

„Welche Essenz soll ich in das Bidet tun?"

„Dieselbe."

„Meine arme Denise liebte sie so sehr. Weißt Du, dass ich ihr seit sechs Monaten immer noch treu bin?"

„Ja, auf Kosten Ihrer Gesundheit!"

„Ach, es ist so schön, das zu machen, indem ich an sie denke! Wenn's kommt, so sage ich leise: Denise, Denise, meine liebe Denise!"

„Werden Sie auch heute Abend Denise anrufen?"

„Still!" sagte Florence lächelnd, indem sie den Zeigefinger an den Mund legte.

„Hat Madame mich noch nötig?" „Nein."

„Wenn Madame morgen krank ist, so wird sie mir hoffentlich das Zeugnis ausstellen, dass ich keine Schuld habe."

„Wenn ich morgen krank bin, so werde ich wissen, dass nur ich Schuld habe; Du kannst ruhig sein, Mariette."

„Gute Nacht, Madame."

Mariette ging hinaus, wobei sie wie eine richtige verzogene Kammerzofe oder vielmehr, was noch viel schlimmer ist, wie eine Kammerzofe, die alle Geheimnisse ihrer Herrin kennt, vor sich hin murmelte und ärgerliche Reden führte.

Als sie allein geblieben war, lauschte Florence den sich entfernenden Schritten Mariettens, dann schlich sie sich auf den nackten Fußspitzen zur Tür und schob den Riegel vor.

Hierauf ließ sie sich vor ihrem Toilettenspiegel nieder, vor dem zwei Kerzen brannten, las das Billet der Gräfin, küsste es und legte es im Bereich ihrer Hand auf dem Toilettentisch. Sie löste ihr Haar und ließ das Hemd zu Boden gleiten, so dass sie nun vollkommen nackt war. Florence war eine prachtvolle Brünette mit großen, blauen, stets dunkel umränderten Augen; ihr Haar fiel beinahe bis auf die Knöchel herunter und bedeckte ihren etwas mageren Körper, der aber trotz seiner Magerkeit bewundernswert proportioniert war.

Mariette hat uns soeben den Grund zu dieser Magerkeit angedeutet. Aber wenn sie in die kleinen Geheimnisse ihrer Herrin auch noch so eingeweiht war, so hätte sie uns trotzdem nicht erklären können, wieso der schöne Körper an der Vorderseite mit einem dunklen Walde von Haar bedeckt war.

Die eigenartige Zier erstreckte sich nach oben bis zwischen die beiden etwas flachen Brüste, lief den ganzen Unterleib hinunter und verlor sich zwischen den Schenkeln, um sich an der Rückseite zwischen den schön ausgebildeten Hinterbacken noch etwas bemerkbar zu machen.

Florence war auf diesen Schmuck nicht wenig stolz; sie pflegte und parfümierte ihn nach allen Regeln der Kunst und wandte ihm ihre ganz besondere Aufmerksamkeit zu. Im Übrigen war die bräunliche Haut, die einen prachtvollen Ton aufwies, äußerst glatt und rein und kein Haar unterbrach sonst deren Elfenbeinschimmer.

Florence betrachtete sich mit großem Wohlgefallen, indem ihr Blick bald auf ihrem Körper ruhte, bald auf den Spiegel gerichtet war; dann nahm sie eine feine, weiche Haarbürste und strich damit über den dunklen Flaum, der sie bedeckte, und der sich unter jedem Bürstenstrich sofort wieder rebellisch in die Höhe kräuselte.

Nun löste sie den Blumenstrauß, machte einen Kranz aus Tuberosen und Jonquillen und setzte ihn sich auf den Kopf, bedeckte ihren Venusberg mit Rosen, schloss daran eine breite Kette aus Parmaveilchen, die bis zum Busen lief, und legte sich so, bedeckt von schönfarbigen und heftig duftenden Blüten ihrem Spiegel, gegenüber auf eine Chaiselongue, von wo aus sie ihr Spiegelbild vollkommen betrachten konnte.

Ihr Auge überzog sich mit einem feuchten Schimmer, die Beine spreizten sich zuckend und krampfhaft, der Kopf sank hintenüber die Nasenflügel bebten, die Lippen öffneten sich; mit der einen Hand bedeckte sie die eine Halbkugel ihres Busens, mit der anderen fuhr sie langsam und gleichsam wie von einer überirdischen Macht gezwungen, hinab bis zum einsamen Heiligtum, wo sich schließlich ihr Finger in die Rosen senkte und verschwand.

Leise Zuckungen und immer heftiger werdendes Zittern überfuhren die schöne Statue; den unwillkürlichen Bewegungen folgten erstickte Seufzer und unverständliche Worte.

Schließlich folgte ein brünstiges Röcheln und Stöhnen, und ein aufmerksames Ohr hätte wohl auch einen Namen erhaschen

können, der dreimal fieberhaft und zärtlich hervorgestoßen wurde, aber es war nicht „Denise", sondern diesmal „Odette".

Das war die erste Untreue, die sie seit sechs Monaten an der schönen Russin beging.

VIII. KAPITEL.

Als Mariette am nächsten Morgen bei ihrer Herrin eintrat, warf sie nach allen Seiten verwunderte Blicke; sie fand die Teppiche voller halbverwelkter Blumen, die Chaiselongue vor dem Spiegel - und ihre Herrin todmüde und matt im Bett.

Florence verlangte ein Bad. Mariette schüttelte den Kopf und sagte nur: „O, Madame, Madame!"

„Nun? Was ist?" sagte Florence, die Augen halb aufschlagend.

„Wenn ich daran denke, dass die hübschesten jungen Leute und die schönsten Frauen von Paris sich glücklich schätzen würden."

„Nun? Könnte ich denn Glück spenden", fragte Florence.

„O, Madame! Ich bitte Sie!"

„Na siehst Du, ich spende eben Glück, nur dass ich mir es allein für mich spende!"

„Madame ist unverbesserlich, aber an Ihrer Stelle, Madame, - sei es auch nur, um die bösen Zungen zur Ruhe bringen - würde ich einen Liebhaber nehmen."

„Was willst Du - ich kann nun einmal die Männer nicht leiden. Liebst Du Männer?"

„Männer nicht - einen Mann ja."

„Die Männer lieben uns nur aus purem Egoismus; wenn wir schön sind, um sich mit uns zu zeigen, wenn wir Talent haben, um sich mit uns zu zeigen. Nein, nein! Wenn ich mich einem Manne unterwerfen sollte, so müsste er schon so hoch über mir stehen, dass ich ihm, wenn auch keine Liebe, so doch wenigstens Bewunderung entgegenbringen könnte.

Ach, mein Kind, ich habe meine Mutter verloren, ehe ich sie gekannt habe; mein Vater war Mathematiker, der mich an nichts glauben lehrte als an Linien, Vierecke und Kreise. Für ihn war Gott „die große Einheit", die Welt „das große All", der Tod „das große Problem."

Als ich fünfzehn Jahre war, starb er; er hinterließ mich ohne Vermögen und Illusionen. Ich bin Schauspielerin geworden, aber zu was nützt mir meine Gelehrsamkeit und Wissenschaft, die sich mein Vater hat so sehr anlegen sein lassen? In den meisten Fällen finde ich die Werke, die ich darstellen muss, lächerlich und albern und in der Handlung finde ich gewöhnlich grobe Geschichtsfälschungen.

Was nützt mir mein von meinem Vater sorgsam ausgebildeter Intellekt? In Sittendramen finde ich die darin geschilderten Leidenschaften und Gefühle meistenteils lächerlich und verschroben; über den banalen Ehrgeiz der Autoren, die mir ihre Stücke vorlesen, kann ich nur die Achseln zucken. Wenn ich einen Erfolg habe, so muss ich ihn mir beinahe stets als das Resultat einer unmoralischen Handlung vorwerfen, weil ich dem schlechten Geschmack des Publikums entgegengekommen bin. Ich wollte früher auf der Bühne so sprechen, wie man im Leben spricht - das Publikum blieb eisig. Wenn ich jedoch meine Rolle im singenden Tone, mit großen Gesten und rollenden Augen herunterschreie, will der Saal unter dem Beifallsgetobe zusammenbrechen. Wenn die Männer mich loben, so lieben sie mich um Eigenschaften und Künste, die ich in Wirklichkeit verachte; die Weiber verstehen von Wahrheit und Kunst überhaupt nichts. Ein Kompliment, das an der unrichtigen Stelle angebracht wird, verwundet ebenso wie ein Tadel an der richtigen.

Gott sei Dank, dass ich mir mit meinen guten und schlechten Eigenschaften genug verdiene, um niemanden nötig zu haben! Wenn ich einem Manne sagen sollte: „Da hast Du meinen Körper, nimm, halte Dich schadlos" - lieber möchte ich schon gleich sterben!"

„Gut, aber die Frauen?" sagte Mariette. „Die Frauen? Ich würde sie dulden. Jedoch nur, wenn ich ihnen gegenüber der Herr und Meister sein kann. Aber sie sind launenhaft, inkonsequent und beschränkt. Mit sehr wenigen Ausnahmen ist das Weib ein

minderwertiges Wesen und nur geschaffen, um sich zu unterwerfen.

Will man sie sich aber unterwerfen, so schreit sie über Tyrannei und betrügt einen. - Nein, liebe Mariette, wer wirklich Herr, unbeschränkter Herr über sich selbst sein will, der muss schon allein bleiben, dann kann er tun, was er will, gehen, wohin es ihm beliebt, nur seinem eigenen Willen gehorchen, und nie-mand hat das Recht ihm zu sagen: „Ich will so oder so, dieses oder jenes!" - Dieses Recht hat niemand mir gegenüber.

Ich bin jetzt zweiundzwanzig Jahre alt und bin jungfräulich, jungfräulich wie eine Hermione oder Ciorinde oder wie Bradamante, und wenn ich jemals meine Jungfräulichkeit einbüßen sollte, so wird's durch mich selber geschehen; den Schmerz sowohl als auch die Lust werde ich mir selber zufügen und verschaffen.

Wenn ich sterbe, so soll kein Mann sagen können: „Dieses Weib hat unter mir gestöhnt."

„Ein jeder muss nach seiner Facon selig werden." erwiderte Mariette trocken.

„Das ist nicht meine Facon, Mariette, das ist meine Philosophie."

„Was mich anbelangt," fuhr Mariette fort, „so wäre es für mich eine große Demütigung, als Jungfer sterben zu müssen."

„Dieses Unglück wird Dir kaum zustoßen, Mariette dessen bin ich ziemlich sicher. - Hilf mir, mich anzukleiden."

Florence stieg langsam aus dem Bett und ließ sich auf der Chaiselongue vor dem Spiegel nieder. Sie war wie bereits gesagt, nicht eigentlich schön, hatte jedoch ein eindrucksvolles Gesicht, und sie, die so häufig alle Bewegungen einer leidenschaftlichen Liebe darzustellen hatte, kannte solche in Wirklichkeit nur aus ihrer Vorstellungskunst, die ihr allerdings unbeschränkt zu Gebote stand. Sie hatte in dieser Richtung das seltene Talent einer Dorval oder Malibran.

Sie nahm ihr Bad, trank eine Tasse Schokolade, studierte ihre
Rolle für den Abend, las inzwischen zehnmal den Brief der
Gräfin, vervollständigte ihre Toilette und nahm dann ihr Mahl
ein, das aus einer Bouillon, einigen Trüffeln und vier Krebsen
aus Bordeaux bestand.

Darauf begab sie sich in's Theater, voller Erwartung der Dinge,
die da kommen sollten. Der hübsche junge Mann war wie
gewöhnlich auf seinem Posten; er hatte auf dem Stuhl neben dem
seinen wieder ein prachtvolles, großes Bukett liegen.

Im vierten Akt ließ die Gräfin nach einer poetischen Szene das
Bukett zu Füßen der Schauspielerin niederfallen. Florence hob
es sofort auf und suchte nach einem Billet, das sie auch fand. Auf
dem Wege zu ihrem Toilettenzimmer las sie es.

Es lautete folgendermaßen:

*„Habe ich Gnade vor Ihren Augen gefunden? Meine Ungeduld ist so
groß, dass ich mir meine Antwort selber holen will. Wenn Sie mir meine
Zudringlichkeit und mein offenes Geständnis verziehen haben, so stecken
Sie eine Blume aus dem Bukett in Ihr Haar.*

*In diesem Falle, der aus der Liebendsten aller Liebenden das glücklichste
Weib der Erde machen wird, werde ich Sie am Ausgange der Künstler
in meinem Wagen erwarten. Ich werde die Hoffnung haben, dass Sie,
anstatt allein und einsam Ihr Souper einzunehmen, mir das unaussprechliche Vergnügen - was sage ich - die Freude, die berauschende
Wonne gewähren wollen, mit mir in meinem Hause einen Fasanenflügel
zu essen.*

Odette.

Florence überlegte nicht lange, riss eine Kamelie aus dem Bukett,
steckte sie in ihr dunkles Haar und betrat die Bühne.

Odette stürzte beinahe über die Logenbrüstung auf die welt-
bedeutenden Bretter, heftig gab sie das Signal zu einem allge-

meinen Applaus, mit dem die wiedererscheinende Künstlerin begrüßt wurde. Florence fand Mittel und Wege, ihr ziemlich unauffällig eine Kusshand zuzuwerfen.

Eine halbe Stunde später hielt der Wagen der Gräfin mit herabgelassenen Stores in der Rue de Bondy.

Florence rieb eilig ihre Schminke mit Goldcreme ab, fuhr sich mit der Puderquaste über das Gesicht, warf ihre Straßentoilette über und lief in's Freie.

Der Neger der Gräfin öffnete den Schlag. Florence stieg ein, der Neger sprang neben den Kutscher und dieser fuhr im scharfen Trab davon.

Die Gräfin hatte Florence in ihren Armen empfangen, aber wir kennen bereits die Ansichten letzterer Dame in Bezug auf ihre Rolle bei dergleichen Eventualitäten. Anstatt den Platz, den ihr die Gräfin in ihren Armen und auf ihren Knien einräumen wollte, anzunehmen, hob sie selber die Gräfin wie ein Kind in die Höhe und warf sie sich mit einer einzigen heftigen Bewegung, die jedem Ringkämpfer Ehre gemacht hätte, über den Schoß.

Sie drückte ihren Mund auf den der schwächeren, widerstandslosen Odette, fuhr ihr mit der Zunge zwischen die Lippen und machte sich sofort daran, ihr die schönen wassergrünen Pantalons aufzuknöpfen, in deren Öffnung ihre Hand alsbald verschwand.

„Ergeben Sie sich, mein schöner Kavalier," rief Florence laut lachend, „auf Gnade und Ungnade!"

„Ich ergebe mich," seufzte die Gräfin, „und verlange nur das Eine: Dass niemand zu mir um Hilfe eilt - ich will durch ihre Hand sterben."

„Gut, so sterben Sie.", sagte Florence und machte sich sofort an eine reizende Arbeit.

In der Tat, nach fünf Minuten befand sich die Gräfin in einer heftigen Agonie, während der sie murmelte: „O - geliebte Florence, wie süß ist es in Deinen Armen zu sterben - ja - ich sterbe - ich - oh - ich sterbe."

Eben war der letzte Seufzer verklungen, als der Wagen vor der Tür der Gräfin anhielt. Die beiden Frauen stiegen schwer atmend die breite, teppichbelegte Treppe hinauf.

Die Gräfin führte ihren Schlüssel immer bei sich. Sie öffnete die Tür und schloss sie hinter sich ab. Das Vorzimmer war durch eine chinesische Laterne beleuchtet. Von hier aus gelangten sie in das Schlafzimmer der Gräfin, in dem eine Ampel aus rosa Kristall brannte. Die Gräfin öffnete eine weitere Tür und führte ihre Freundin in ein Esszimmer, das mehrere große Kronleuchter mit blendendem Licht erfüllten. In der Mitte stand eine luxuriös und geschmackvoll gedeckte und dekorierte Tafel.

„Mein teurer Liebling", sagte die Gräfin, „mit Ihrer Erlaubnis werden wir uns selbst bedienen. Ich hätte dazu gern mein Kostüm als Kavalier anbehalten, aber ich glaube, dass es uns beiden schließlich doch hinderlich sein würde. Ich werde deshalb dieses grässliche Männerkostüm ablegen und werde sofort wieder in einer Kleidung erscheinen, die der Gelegenheit etwas mehr angepasst ist. Hier ist übrigens das Toilettenzimmer Ich bitte Sie, sich dessen zu bedienen, ich hoffe, dass es mit allem, was Sie brauchen, versehen ist." Es war dasselbe Toilettenzimmer, in das damals die kleine Violette gebracht worden war. Ein breites Mamorgesims lief in die Tischhöhe an den Wänden des Gemaches entlang und trug eine reichhaltige Sammlung von allen nur erdenklichen Bürsten, Kämmen, Feilen, Pudern und Parfümerien von Dubuc, Laboull und Guerlain.

Nach etwa fünf Minuten suchte hier die Gräfin ihre Freundin auf. Außer den rosaseidenen Strümpfen, den mattblauen Samtstrumpfbändern und den gleichfarbigen Pantöffelchen, trug

sie keinerlei armselige, von Menschenhand verfertigte Stoffe an ihrem schönen Körper.

„Ich bin ein wenig stark dekolletiert", sagte sie beim Eintreten, „hoffentlich geniert Sie das nicht?"

„Nicht im Geringsten, meine Teure", antwortete Florence, die Gräfin begeistert betrachtend.

„Ich muss nämlich noch ein wenig meine Toilette vervollkommnen," fügte die Gräfin hinzu; „und zwar, weil Sie eine solche Vervollkommnung durchaus notwendig gemacht haben. Welches Parfüm ziehen Sie vor?"

„Darf ich wählen?" fragte Florence.

„Natürlich! Wählen Sie, als ob's für Sie selber wäre."

„Nun gut. Ich sehe da Eu de Cologne Jean Maria Farina. Was meinen Sie?"

„Meine liebste Florence, die Sache geht Sie wirklich mehr an als mich".

Florence antwortete nur durch einen verständnisinnigen Blick und entleerte sodann eine große Karaffe voll Wasser in ein reizendes Bidet aus sächsischem Porzellan. Hierzu goss sie eine viertel Flasche Eau de Cologne und ließ sich vor dem Bidet mit einem großen Schwamme, den sie vom Marmortisch genommen hatte, auf die Knie nieder.

„Ich hoffe, dass Sie mir erlauben werden, Ihnen bei Ihrer Toilette etwas behilflich zu sein", sagte sie. Die Antwort der Gräfin bestand darin, dass sie sich mit breit gespreizten Schenkeln auf dem Bidet niederließ. „Nun?" rief sie jedoch sogleich, „was ist los?" „Ich bewundere Sie, meine schöne Geliebte und ich finde Sie prachtvoll!"

„So? Umso besser, denn alles, was Sie sehen, steht zu ihrer Verfügung."

„Welch' wunderbares Haar Sie haben! Welcher Hals, welche Zähne! Lassen Sie mich diese reizenden Brustwarzen küssen. Gott, Sie werden mich abscheulich finden, ich bin davon überzeugt. Ich wage es nicht mich Ihnen nackt zu zeigen, denn Ihre Haut ist wie Seide und Atlas, und die meine . . . Ich werde Ihnen wie eine Negerin erscheinen. Und dieses reizende Haarbüschel hier, das wie eine Flamme sprüht! Ich werde neben Ihnen wie ein Köhler aussehen!"

„Still, Du Spötterin, und lass mich nicht länger warten. Übrigens - wenn das hier wie eine Flamme sprüht, so kommt das daher, dass Feuer im Haus ist! Lösche, lösche den Brand! Besänftige die Glut!"

Florence fuhr mit dem Schwamm zwischen die Schenkel der Gräfin. Diese stieß einen kleinen Schrei aus, denn das Wasser war kalt, und der Schwamm kitzelte.

„Habe ich Dich etwa mit der Hand berührt?" fragte Florence.

„Nein, aber wenn's auch vorkommt, so soll's Dich nicht beunruhigen."

Florence ließ noch zwei oder dreimal den nassen Schwamm über den beliebten Vergnügungsort gleiten; dann ließ sie den Schwamm ins Wasser fallen und rieb mit der nackten Hand.

Die Gräfin beugte sich über die geschickte Masseuse, und ihre Lippen berührten die der dienstbeflissenen Florence; sie umschlang sie mit ihren beiden Armen, und indem sie ihr dann plötzlich die Hände auf die Schultern legte, erhob sie sich und stand - von Wasser triefend und parfümiert - dicht vor dem Mund ihrer Freundin.

Florence nahm sich kaum die Zeit ein heiß empfundenes „Danke" zu flüstern; sie klebte sofort ihre Lippen auf diejenigen, die ihr dargeboten wurden und die an Schönheit der Form und der Farbe mit jenen anderen wetteiferten, an heftigem Duft sie jedoch bei weitem übertrafen.

So schob sie sich auf den Knien fort, während die Gräfin langsam kleine Schritte nach rückwärts machte, bis sie schließlich auf ein niedriges Kanapee niedersank und zwar mit aller Grazie, die die Situation mit sich brachte.

Wenn die Gräfin auch wenig gewohnt war, in derartigen Dingen die passive Rolle zu spielen, so begriff sie doch sofort, dass in diesem brünetten, mageren und sehnigen Weibe ein gut Teil Männlichkeit steckte, der die ihrige in den Schatten stellte.

Demnach ergab sie sich mit guter Miene in ihr Schicksal, wie sie's schon einmal im Wagen getan hatte und diesmal das Werkzeug, dessen Florence sich bediente, geschmeidiger und feiner war als das Erste, so merkte die Künstlerin bald an den Bewegungen und Seufzern der Gräfin, dass sie ihr ein Glück angedeihen ließ, dessen Intensität und Dauer von der Güte und Vortrefflichkeit ihrer Kunst ein beredtes Zeugnis ablegte.

Während einiger Augenblicke verblieben die beiden Körper unbeweglich.

Alle Welt weiß, dass bei solchen anmutigen Liebesbeweisen die Empfindungen des Gebenden beinahe ebenso stark sind, wie die des Empfangenden.

Florence kam zuerst zu sich; sie nahm wieder ihre kniende Stellung ein und verblieb wie in Anbetung vor dem Altar versunken, auf dem sie soeben geopfert hatte und der von diesem Opfer noch rauchte. Ihr Blick, ihre Miene, ihr Lächeln und ihre kraftlos an den Seiten herabhängenden Arme drückten eine völlige Verzückung aus.

Gegen jedwede männliche Schönheit unempfindlich - da sie beinahe selber ein Mann war - betete Florence die Schönheit nur beim Weibe an; ihre völlige Freude an der Situation war jedoch durch den Gedanken an ihr eigenes Äußere stark beeinträchtigt.

Die Arme fürchtete, dass ihre eigenartige Schönheit mit dem allzu üppigen Haarwuchs vielleicht der Gräfin nicht zusagen

könne, und eine solche Wahrnehmung hätte ihr eine bittere Kränkung bereitet.

So geschah es, dass, als die Gräfin ihrerseits ihre Sinne wieder gesammelt hatte und sich anschickte, ihre Partnerin zu entkleiden, diese am ganzen Leibe zu zittern anfing, gleich einem jungfräulichen Kind, dessen Körper zum ersten Male von anderen Augen betrachtet werden soll, als von denen der eigenen Mutter.

Dazu entwickelte die Gräfin plötzlich eine fieberhafte Eile.

Ein berauschender Duft entstieg allen Öffnungen des weißen Hemdes, das sich soeben ihren Augen darbot; die Gräfin atmete diesen Duft an den Ärmeln und am Halsausschnitte ein und schien dadurch völlig berauscht und benebelt.

„Ich bitte Dich", sagte sie bewundernd, „was ist denn das? Bist Du denn eine Blume und kein Weib aus Fleisch und Blut? Dieser Duft! Das ist ja herrlich! Oh, ich werde Dich ganz und gar einatmen."

Sie zog das Hemd ab und starrte einen Augenblick überrascht das Wunder vor sich an.

„Oh, wie schön, wie merkwürdig!" rief sie dann. „Haare? Nein – Seide! Duftende, blumengespeiste, duftgetränkte Seide!"

Hierbei begann die Gräfin vorsichtig, aber voller heißer Liebe das weiche Haar mit ihren Zähnen zu erfassen, dieses Haar das zaghaft bis zwischen die beiden Brüste stieg und sich dann etwas spärlicher, aber ausgedehnter, über den Unterleib verbreitete und sich, dichter und stärker werdend, zu den Schenkeln hinabließ, um zwischen ihnen zu verschwinden.

Ehe Florence ihre Loge verlassen hatte, hatte sie beim Umkleiden ein ganzes Bukett frischer und stark duftender Veilchen in diesen schönen Wald gestreut. Odette lag vor diesem Geschenke der verschwenderischen Natur auf den Knien und

durchwühlte es mit Nase und Mund, wie eine Biene in einer Rose herumwühlt.

„Geliebte", rief sie, „ich bin besiegt! Du bist nicht nur von einer ganz aparten Schönheit, sondern überhaupt viel schöner als ich!"

Damit erhob sie sich und schlang voller Inbrunst ihre weißen Arme um die herben Linien der Schultern Florence's; sie drückte ihren weißen Körper an das seidenglänzende Haar und führte die Künstlerin, Lippe an Lippe gepresst, in das Esszimmer.

Nackt, wie zwei antike Göttinnen, traten sie beide in das verschwenderisch ausgestattete Gemach, in dem die geschliffenen Spiegel, die überall die Wände bekleideten, die vielen Lichter der Kronleuchter und Kerzen und ihre eigenen beiden Körper tausendfältig wiedergaben.

Hier betrachteten sie sich nochmals, dicht aneinandergedrückt, jede voller Freude über ihre eigene Schönheit und die der Freundin.

Dann nahmen sie von einem Sessel zwei leichte Überwürfe aus einem Seidengewebe, das nach altägyptischem Muster mit Gold und Silberfäden durchwirkt und so durchsichtig wie ein feiner Schleier war, und setzten sich an die gedeckte Tafel, indem sie auf bequemen Lehnsesseln Platz nahmen, die mit kirschroten Samtkissen belegt waren.

In geschliffenen Kristallkaraffen und Gefäßen flimmerte eisgekühlter Champagner wie flüssiger Topas und die kostbarsten Kelche aus böhmischem und venezianischem Kristall warteten nur darauf, bis an den Rand gefüllt, um von schönen Lippen geleert zu werden.

IX. KAPITEL.

Sie erwiesen einander gegenseitig kleine Aufmerksamkeiten, wie sie nur Liebende bei solchen Gelegenheiten einander erweisen können; ein zierlich abgetrennter Fasanenflügel wurde mit Zitronensaft benetzt angeboten; der köstliche „Chateau d' Yquem" wurde mit zitternder Hand in einen herrlich geformten Kristall-Pokal gegossen; eine Trüffel, die mit Zimt in Champagner gekocht war, schwärzer und feiner geädert als die anderen, wurde dargeboten, nachdem sie schon von kecken, weißen Zähnen angebissen war; feinster Vanillecreme wurde aus derselben Schale und mit demselben Löffel von zwei naschhaften Kätzchen gespeist; die Hälfte eines Pfirsichs, dessen Kern vorher entfernt worden war und eine kleine dunkelrote Höhlung zurückgelassen hatte, wurde auf eine zarte Knospe gestülpt, die einer milchweißen Brust entsprosste, und dann gegessen - alles das vermischt mit glühenden Küssen, die auf Arme, Schultern und Lippen nur so prasselten.

Später erhoben sie sich und streiften die Überwürfe wieder ab; die Gräfin belud sich gleich der Göttin Pomona mit einem Körbchen aus Golddraht voller herrlicher Früchte, Florence trug gleich einer Bacchantin einen großen Kristall-Pokal voll schäumenden Champagners.

Beide näherten sich Arm in Arm dem breiten Bett der Gräfin und stellten ihre Schätze auf das danebenstehende Nachttischchen aus weißem Marmor, das einen starken Säulenschaft darstellte und in einer kleinen versteckten Nische ein wundervoll geformtes Gefäß aus Sêvres barg.

Nun schauten sich beide an, gleichsam als ob sie fragen wollten:

„Wer wird den Anfang machen?"

„Weißt Du was?" sagte die Gräfin, „ich glaube, dass - Gott sei Dank - die Reihe an mir ist!"

Florence schien damit einverstanden, denn ohne ein Wort zu verlieren drückte sie der schönen Hausherrin einen heftigen Kuss

auf die Lippen und warf sich mit weit auseinander gespreizten Beinen auf den Rücken über das Bett.

Die Gräfin betrachtete einige Augenblicke voller Entzücken diesen in seiner Art einzig dastehenden Körper, der die Virilität des Mannes mit der Grazie des Weibes vereinte; sie entnahm ihrem Haar einen goldenen, mit Brillanten besetzten Kamm und wies ihm eine beneidenswerte Stellung als Diadem jener reizenden Göttlichkeit an, jener geheimnisvollen Isis, die als erste aller Göttinnen unter dem schönen Namen Saunia verehrt wurde.

Edelmetall und Edelgestein funkelten zauberhaft in dem schwarzen, seidigen Pelzwerk, wo die Zähne des Kammes sich gänzlich verloren hatten, ohne jedoch die feine, mysteriöse Öffnung zu erreichen, die die eifersüchtige Gräfin so am liebsten zum Schutz vor allen Angriffen vergittert hätte.

Sie ließ sich jetzt auf die Knie nieder und da das reiche Schmuckstück, mit dem sie das Heiligtum bedacht, sie nicht daran hinderte, ihre Andacht darin zu verrichten, so legte sie sanft und vorsichtig die beiden Schenkel ihres Gastes auf ihre beiden Schultern, schlug behutsam das dunkle Buschwerk, das den Eintritt zur Grotte zu wehren schien, bei Seite und gelangte ins Innerste, das einem herrlichen, kostbaren Schreine glich, der außen mit schwarzem Samt bedeckt und innen mit rosa Atlas gefüttert ist.

Beim Anblick dieser unerwarteten Schönheit stieß sie einen Freudenschrei aus und drückte sofort ihren Mund darauf, sie fing an, die Klitoris zwischen die Zähne zu nehmen und an ihr zu saugen und da diese sich völlig ihr entgegenstreckte, so kitzelte sie sie sanft mit der Zungenspitze.

Jetzt wollte sie ihr auch jene tiefere und heißere Liebkosung erweisen, die sie selbst von mir erhalten hatte, aber ihrem ersten Freudenschrei folgte ein Schrei des Erstaunens: Der Eingang zur Liebesgrotte war versperrt.

Sie sprang auf ihre Füße und fragte:

„Was ist das? Wie kommt das?"

„Aber liebe Odette", sagte Florence lächelnd, „das ist doch sehr einfach! Du siehst ja: Ich bin noch unschuldig, oder vielmehr - denn „unschuldig" ist wohl nicht mehr so ganz angebracht bei mir - ich bin noch Jungfer." „Ah", rief die erfreute Gräfin, „so habe ich denn endlich ein Weib gefunden, das noch nicht von einem Manne berührt geworden ist? Das ist ja herrlich - ich wage es kaum zu glauben, meine schöne Florence!"

„Du kannst Dich ja davon überzeugen," entgegnete Florence, „und ich möchte Dich sogar bitten, das eiligst zu tun, denn sonst muss ich Dir Vorwürfe machen darüber, dass Du Deine schöne Beschäftigung gerade in dem Augenblicke unterbrochen hast, wo ich anfing die nahende Lust zu spüren.

Nimm Deine Stelle wieder ein, meine geliebte Odette, und wenn irgend etwas noch die wunderbare Eigenschaft hat, Dich in Erstaunen zu setzen, so warte mit Deiner Mitteilung wenigstens so lange, bis Du fertig bist."

Florence fuhr sich mit dem Finger an einer gewissen Stelle, fing an langsam und bedächtig hin und her zu reiben, um sich bei Stimmung zu erhalten, und antwortete:

„Sprich! Hat Dir noch niemals ein Mann das mit dem Finger gemacht, so wie Du's Dir jetzt machst? Ich meine, hast Du Dir noch niemals die höchste Wonne durch einen Mann verschaffen lassen?"

„O nein! Niemals hat mich ein Mann überhaupt so gesehen, wie ich bin; nie hat mich ein männlicher Finger - oder sonst etwas dergleichen - hier berührt."

„Ach," rief Odette, „das wollte ich nur wissen!" Damit warf sie sich über Florence, entfernte deren Finger von seinem Operationsfelde und brachte sofort ihren Mund an die warme

Stelle, die die Natur zum Hort und zur Spenderin von so viel Liebe, Lust und Wonne gemacht hat.

Florence stieß einen kleinen, erschreckten Schrei aus, - vielleicht weil sie die Zähne, die sich in sie hineinzubohren versuchten, ein wenig zu lebhaft gefühlt hatte - aber Odette ersetzte diese bald durch die Zunge und arbeitete so gründlich und arbeitete so verständig, dass Florence zu folgenden Schlüssen kam: Erstens, dass es bei weitem schöner und süßer ist, sich von saugenden Lippen, drückenden Zähnen und kitzelnden Zungen behandeln zu lassen, als von einem einzelnen, wenn auch noch so gelenkigen und geschickten Finger und zweitens, dass zwischen der Russin Denise und der Pariserin Odette doch ein gewaltiger Unterschied war.

Ihre Freude über die schöne und gefällige Gräfin äußerte sich in kleinen Schreien, die von Seufzern unterbrochen waren, sodass man sie hätte für Schmerzenslaute halten können; sie war schon halb ohnmächtig, als Odette sich über sie warf und auf ihrem Munde die anderwärts mit so gutem Erfolg begonnenen Küsse fortsetzte.

„Jetzt aber komme ich an Dich!" sagte Florence nun mit halberstickter Stimme. Schon ließ sie sich vom Bett herabgleiten und so lag sie denn bald vor diesem bequemen und verschwiegenen Möbel, das, wie selten eine andere Erfindung, den Menschen Ruhe, Erquickung und Freude schenkt.

Die Gräfin nahm ihrerseits die nötige Lage im Bett ein und brachte mit einer geschmeidigen Bewegung diejenige Partie, auf die sich ihre Gedanken am meisten konzentrierten, dicht vor den Kopf ihrer Freundin, die noch halb zerschmettert auf dem Teppich vor dem Bett lag.

„Ach," sagte Florence noch, „wenn ein Mann das gesehen und gehört hätte, was Du jetzt gesehen und gehört hast, meine liebe

Odette. Ich glaube, ich wäre nie mehr im Stande, einem Menschen in's Gesicht zu sehen."

Unbeeinflusst durch diese schöne Rede, hatte die Gräfin unterdessen ihren weißen Körper dem Gesicht der vor ihr liegenden Schauspielerin so nahe gebracht, dass ihre Haare deren Ohr berührten.

Florence zuckte zusammen, und da sie die Augen geschlossen hielt, zog sie durch weit geöffnete Nasenflügel leise prüfend die Luft ein. Alsbald aber erhob sie ihr Gesicht, öffnete die Augen und bemerkte, dass ihr Mund in nächster Nachbarschaft jenes Flammenbüschels war, dessen erster Anblick so heftige Gemütsbewegungen in ihr ausgelöst hatte.

Der erste Heißhunger war ja aber bereits gestillt; Florence, die wohl ein wenig erhitzt, aber noch lange nicht müde war, hatte jetzt erst Ruhe und Überlegung genug, um ihr Glück mit vollem Verständnis zu durchkosten. Sie küsste sanft und liebevoll diese parfümierten Haare von der Farbe des schimmernden Kupfers und teilte sie sodann in der Mitte auseinander, um sich ebenso wie durch den Geruch, auch durch das Gesicht an dem Liebesschatz zu erfreuen, der ihr da so offenherzig überlassen wurde.

Die Gräfin hatte noch keinem Kinde das Leben geschenkt, weshalb bei ihr auch Schamlippen und Vagina von vollkommener Frische waren und von jenem reizenden rosigen Tone, den man „Nymphenschenkel" nennt.

Florence öffnete mit zartem Finger die beiden großen Schamlippen und ergriff einen kleinen, aber lebhaft gefärbten Pfirsich, den sie dem neben ihr auf dem Marmortischchen stehenden Fruchtkorbe entnahm. Sie legte diese Frucht auf die kleinen Lippen, die sie von den großen halb bedecken ließ.

„Was tust Du?" fragte Odette.

„Lass mich nur machen", erwiderte Florence, „Du hast jedenfalls gar nicht den richtigen Blick für den Reiz, den die Umrahmung dieses kleinen Pfirsichs auf den Beschauer hervorruft. Ich wollte, ich wäre Maler, dann würde ich diese Frucht malen, nicht selbst, sondern ihres Rahmens wegen."

„So?" entgegnete Odette.

„Übrigens mache ich eben die Erfahrung, dass die von unseren Dichtern so oft besungene samtweiche Pfirsichhaut, mit der sie auch manchmal die unsrige zu vergleichen belieben, mich reizt und sticht, als ob Du mir ein Nadelkissen da hineingelegt hättest und nicht einen Pfirsich."

„Warte!" rief Florence.

Mit einem kleinen silbernen Messer entledigte sie den Pfirsich seiner Haut, die, gleichwie ein zusammengefaltetes Rosenblatt einst einen Sybariten eine ganze Nacht lang verhinderte zu schlafen, durch ihre rauhe Oberfläche die überempfindliche Schleimhaut der Gräfin gereizt hatte.

Dann halbierte sie die Frucht, entnahm ihr den Kern und steckte die beiden Hälften unparteiisch in zwei rosige, appetitliche Mäulchen: In das ihrige und in das ihrer Freundin, das friedlich und waffenlos - nämlich ohne Zähnchen - vor ihr lag.

„Oh, das ist frisch und gut, " sagte Odette, „das tut wohl!"

„Wenn Du das sehen könntest", rief Florence.

„Das rosige, kleine Loch, das der entfernte Stein gelassen hat, gibt Dir den Anschein einer neuen Jungfräulichkeit. Ich werde Deine schöne Jungfräulichkeit vor Liebe fressen - passe auf und lass mich einhalten, wenn Du meine Zähne spürst."

Mit Zunge und Zähnen begann sie die süße Frucht an ihrem seltsamen Aufbewahrungsorte zu bearbeiten, während Odette sich ganz den Empfindungen hingab, die die unter solcher

Behandlung hin- und hergeschobene Pfirsichhälfte zwischen ihren Schamlippen hervorrief.

Schließlich war das kleine Hindernis verschwunden und Florence machte sich daran, die letzten Reste des duftigen Saftes, die noch an der Stelle zurückgeblieben waren, eifrig und sorgsam wegzulecken. Nun lag die unverschanzte Festung frei und offen vor ihr, aber Florence wollte sie mit stärkeren Waffen angreifen, als mit denen über die sie persönlich verfügte.

Sie ergriff eine große, schön entwickelte Banane und streifte schnell deren gelbliche Schale ab; dann erfasste sie das eine Ende mit den Zähnen und setzte das andere an die rosigen Lippen, denen sie den Genuss der exotischen Frucht zugedacht hatte. Mit einem heftigen Stoß ließ sie die ganze Banane in purpurnen Tiefen versinken; indem sie dann den Kopf langsam hin- und herbewegte, verschaffte sie der Gräfin jene Sensationen, die ein von den beiden Frauen so verabscheuter männlicher Liebhaber durch ein anderes Mittel noch deutlicher erzeugt hätte.

Odette bäumte sich dem Eindringling entgegen und rief:

„Bist Du denn ein Mann geworden? Oh, Du Abscheuliche! Nicht doch - ich will das nicht - oh, Florence, was tust Du - nicht so tief – ich sterbe – ich sterbe - oh - meine süße Florence, ich - ich werde Dich töten - nein - ich liebe Dich - oh - ah . . ."

Die Gräfin blieb wie leblos liegen und erriet ihre Erregung nur noch durch heftiges Atmen.

Florence versuchte nun, einen so schönen Effekt auch bei sich selber herbeizuführen und die schwer geprüfte Banane, die überdies durch die vorhergehende Tätigkeit schon etwas schlanker geworden war, in ihren eigenen Liebestempel einzuführen. Aber leider gelang ihr das weder durch List noch durch offene Gewalt.

Der Weg war versperrt!

„Ha", rief sie nach mehreren fruchtlosen Bemühungen, „ich muss aber auch meinen Teil bekommen!" Und indem sie die immer noch halb bewusstlose Gräfin der Länge nach auf dem Bette platzierte, stieg sie über sie und ließ ihre gespreizten Schenkel über deren Munde nieder, während sie selber ihren Mund zwischen der Gräfin ausgespreizte Schenkel drückte.

Die beiden Weiber boten das Bild zweier verliebten Eidechsen im Monat Mai; die beiden Körper schienen zu einem einzigen verschweißt zu sein; die Brüste pressten sich auf den Bäuchen platt, die Schenkel legten sich dicht an die Köpfe, die Hände umklammerten die Hinterbacken.

Während einiger Minuten verstummte das Gespräch; man hörte nur noch erstickte Seufzer, brünstiges Stöhnen, glühendes Röcheln aus stark gepressten Busen. - Plötzlich entstand eine heftige Bewegung des merkwürdigen achtgliedrigen Ungeheuers auf dem breiten Bett; alles zuckte und zitterte und bebte und krampfte sich mit steifen Fingern und Zehen in die Bettücher und Kissen.

Eine lange Stille entstand nach dem letzten, heftigen Delirium der Wollust; beide hatten zur selben Zeit die höchsten Wonnen durchkostet.

Diesmal blieben sie längere Zeit in tödlicher Ermattung liegen – gleich zweier Gladiatoren, die vom blutigen Kampfe völlig erschöpft sind.

Nach geraumer Zeit kamen sie langsam zu sich; beide stießen zuerst nur das eine Wort aus, das das Menschenherz in der höchsten Freude und im tiefsten Schmerz beinahe stets unwillkürlich sucht:

„O Gott!"

Einige Minuten später glitten sie vom Bett hinunter und bewegten sich langsam Arm in Arm, mit träumerisch um-

schleierten Augen und wankenden Knien auf eine breite Ottomane zu, wo sie sich nebeneinander niederließen.

„Ach, meine schöne Florence," sagte die Gräfin, „welche Wonne hast Du mir verschafft! Wie bist Du auf den Gedanken gekommen, den Pfirsich auf diese Art und Weise zu essen?"

„Weißt Du, die Früchte werden immer da gegessen, wo sie gerade wachsen. - Hat man Dir noch niemals dergleichen gemacht!"

„Nein!"

„Desto besser. Da habe ich Dir etwas Neues gezeigt."

„Und das mit der Banane?"

„Oh, Geliebte - ich glaubte, ich müsse daran sterben!"

„Also hat Dir das besser gefallen als das mit dem Mund?"

„Ach, das ist doch etwas ganz anderes. Das ist gerade so, als ob ein Mann da ist, weil doch ein Körper in die Vagina eingeführt wird."

„Ja, meine Liebe, das wird immer der Vorzug sein, den der Mann vor dem Weibe hat!"

„Was? Ein Vorzug? Ich bitte Dich, wie soll das ein Vorzug sein?"

„Ja, leider! Denn wir, wir können die Flammen nur unterhalten, aber er kann sie löschen. - Zum Glück sind wir in der Lage, uns durch Kunst das zu ersetzen, was uns die Natur versagt hat."

„Wieso?"

„Nun, es gibt doch Kunstprodukte, Erzeugnisse der bildenden Kunst für einsame Frauen. Solche Dinge sind eine getreue Nachbildung der Gliedmassen, die einen Mann erst zum Manne machen."

„Was? Man macht solche Dinge?" fragte Florence mit großer Lebhaftigkeit.

„Natürlich! Hast du denn noch keine gesehen?"

„Nein, niemals. Ich habe ja keine Ahnung . . ."

„Möchtest Du so etwas sehen?" „Selbstverständlich! Sehr gerne!"

„Du weißt doch, wie ein Mann da vorne aussieht?"

„Ja; ich hab's doch so oft bei Bildsäulen gesehen."

„Nur bei Bildsäulen?"

„Ja."

„Einen nackten Mann hast Du niemals gesehen?"

„Nein. Wie komme ich denn dazu!"

„Das ist fein. Da kann ich Dir auch was Neues zeigen."

„Was - hast Du solche Dinge hier?" „O ja! Von allen Sorten!"

„Zeige sie! Zeig' her, schnell!"

„Schau, schau! Die Männerverächterin! Kaum vermag sie ihre Unschuld zu zügeln, so ein Ding zu sehen!"

„Ich bitte Dich - es ist nur Neugierde!"

„Gut, warte, ich werde alle Etuis hierher bringen."

„Nein, ich will mit Dir gehen."

„Also komm!"

Odette führte Florence in ihr Toilettenzimmer.

Hier öffnete sie einen geheimen Verschluss in einem großen Spiegelschrank und entnahm dem Versteck ein elegantes, altertümliches Etui, sowie zwei Behälter, die türkischen Pistolentaschen glichen.

Beide Damen beluden sich mit den Kostbarkeiten und trugen sie auf die breite Ottomane, auf der die Kunstausstellung vor sich gehen sollte.

X. KAPITEL.

„Ich werde Dir zuerst den Inhalt dieses Etuis zeigen", sagte Odette.

„Es enthält nicht nur einen Gegenstand von künstlerischem, sondern sogar auch von historischem Wert. Man schreibt nämlich seine Entstehung dem schöpferischen Geiste und den geschickten Händen des Benvenuto Cellini zu."

Odette öffnete das dunkel getönte Etui, das mit rotem Samt ausgeschlagen war und ein Meisterwerk der Elfenbeinschnitzerei enthielt. Der Gegenstand war die genaue und künstlerische Nachbildung der männlichen Geschlechtsteile in natürlicher Größe, die vielleicht etwas freigebig gemeint, aber wunderbar nachgebildet waren.

Die Eichel wies eine schöne Politur, der Schaft eine ziemliche Anzahl stärkerer oder feinerer Äderchen auf; der am Ende befindliche Hodensack war mit größter Sorgfalt ziseliert und bildete die feinste Skulptur. Die Unebenheiten der Haut waren mit bewunderungswürdiger Kunst nachgeahmt, und auf die Wölbung der Hoden selbst sah man zur einen Seite die drei Linien Frankreichs und zur anderen die drei Halbmonde der berühmten Diane de Poitiers.

Es konnte kein Zweifel darüber obwalten, dass das eigenartige Kleinod der Tochter von Monsieur de Saint-Vallier, der Witwe des Monsieur de Breze, der Maitresse zweier Könige - Franz I. und Heinrich II. - gehört hatte.

Florence betrachtete das Objekt erst mit Erstaunen, dann mit Interesse, schließlich mit Bewunderung. Mit Erstaunen weil sie das erste Mal in ihrem Leben ein solches Erzeugnis in ihrer Hand hielt. Mit Interesse, weil sie dessen Mechanismus nicht kannte. Und mit Bewunderung, weil sie in erster Linie Künstlerin war und künstlerisches Empfinden hatte, und weil der Gegenstand in Wahrheit sofort verriet, dass er von einem großen Künstler hergestellt worden sei.

An der Basis des Schaftes, dort wo die Hoden ansetzten und wo man einen starken Haarwuchs sehen konnte, der mit großer Feinheit geschnitzt war, war das Kleinod auseinanderzunehmen. Die Stücke waren so kunstvoll zusammengesetzt, dass nur ein sehr geübtes Auge die Trennungslinie warnehmen konnte. Im Inneren befand sich ein Mechanismus, der beinahe ebenso kompliziert war wie derjenige einer Taschenuhr. Er stand mit einem kaum bemerkbaren Knopf in Verbindung, der sich oben an den Hoden befand und auf einen Druck bewirkte, dass irgend eine beliebige Flüssigkeit, die im Inneren des Hodensackes Aufnahme finden konnte, in mehreren, heftig einsetzenden und dann langsam schwächer werdenden Strahlen durch einen Kanal, der sich den Schaft entlang zog und an der Spitze der Eichel in eine schmale Öffnung mündete, in die Vagina geschleudert wurde.

Diese Flüssigkeit, die gewöhnlich aus Milch oder Malvendekokt bestand, wurde von findigen Geistern jedoch auch in Form von Fischleim angewendet, welches Präparat sich dem männlichen Samen am meisten nähert und dessen momentane Wirkung ziemlich gut nachahmt.

Florence wunderte sich über die Stärke des Instruments, das mehr als zweimal so dick war wie die Banane, die sie vergeblich in sich aufzunehmen versucht hatte, aber die Gräfin nahm ihr lächelnd das Bild des geliebten Liebesgottes aus der Hand und ließ es wohlgefällig zwischen den Flammen ihres kupferglänzenden Haares verschwinden.

„Siehst Du“, sagte sie, „es geht schon! Dabei bin ich nicht einmal besonders ausgeweitet!“

Florence betrachtete den Vorgang aufmerksam. Jeder Irrtum war ausgeschlossen: Die harten Hoden lagen weich auf rotgleißendem, warmen Moos gebettet.

Sie erfasste die Hoden und schob das Instrument ein wenig hin und her, wie sie's vorher mit der Banane getan hatte. Hierbei merkte sie wohl, dass im Inneren der Vagina eine starke Reibung vor sich gehen musste, denn es ging nicht allzu leicht, jedoch schien diese Reibung der Gräfin zuzusagen.

„Warte", rief die Gräfin, Florence aufhaltend, „nicht ohne Milch!"

Da man indessen dieses Kleinod genugsam bewundert hatte, nahm man nun die anderen, die sich in den beiden Behältern befanden, in näheren Augenschein.

Das erste Ding, das da zu Tage gefördert wurde, war ein gewöhnliches Massenprodukt aus Kautschuk von französischer oder englischer Herkunft, wie sie damals jährlich zu Millionen an die italienischen und spanischen Klöster verkauft wurden.

Der Form nach ähnelte der angenehme Zeitvertreib demjenigen der Diane de Poitiers; er war von der Größe des normalen Durchschnittsgliedes, d. h. gegen 5 bis 6 Zoll lang, an der Basis mit natürlichem Haar versehen und wies auch die gewöhnliche Farbe eines solchen Gliedes auf.

Das System, aus diesem Instrument Flüssigkeit zu spritzen, war natürlich durch die Elastizität des Materials sehr vereinfacht; ein Druck der Hand auf den Hodensack genügte. Da der Gegenstand auch kein künstlerisches Interesse für sich in Anspruch nehmen konnte, war seine Inspektion bald beendet; zum Mindesten dauerte sie nicht so lange wie die, die man dem Kleinode hatte angedeihen lassen, das die Ehre gehabt hatte, der schönen Diane de Poitiers zu dienen.

Man wandte sich dem dritten Objekt zu. Dieses bewirkte, dass Florence bei seinem Anblick einen Schreckensruf ausstieß. Es war 7 bis 8 Zoll lang und hatte einen Umfang von mindestens 6 Zoll. „Oh", sagte sie, „das hat nicht der Diane de Poitiers, sondern der Pasiphae gehört!"

Die Gräfin lachte. „Ich nenne es auch den Riesen." sagte sie.

„Es ist ein Kuriosum aus Süd-Amerika und gibt Dir einen Begriff von den Bedürfnissen der Damen von Rio de Janeiro, Caracas, Buenos-Aires und Lima; aber schau Dir die wunderbare Arbeit an!"

In der Tat konnte selbst der schwierigste Geschmack nichts an dem Gegenstande auszusetzen finden. Es war aus einem wunderbar polierten Hartgummi hergestellt, und jedes einzelne Haar war sorgfältig befestigt wie es der geschickteste Perückenmacher von Paris nicht besser hätte tun können.

Im Übrigen machte das Instrument den überzeugenden Eindruck einer getreuen Nachbildung eines von der Natur recht herzhaft ausgestatteten Modells.

Auch hier gestattete eine Vorrichtung das Schleudern eines mehrmals zu wiederholenden Strahles von Flüssigkeit, so dass der durstige Mund, dem die jeweilige Tätigkeit des Instruments geweiht war, den ebenso erhabenen wie beglückenden Segen einer mehrmaligen Bespritzung genießen konnte.

„Aber, meine Liebe," sagte Florence, die das Ding mit den Fingern nicht umspannen konnte, „das ist ja ein Monstrum; es gibt doch keine Frau, die ein solches Ding empfangen kann; das wäre ja wie eine auf den Kopf gestellte Niederkunft."

Odette lächelte, ohne zu antworten. Es war ein Lächeln voller süffisanter Überlegenheit. Florence fühlte das wohl und meinte: „Du brauchst Dich nicht über meine Unwissenheit lustig zu machen. Sprich lieber etwas Gescheites!"

„Ich mache mich nicht über Dich lustig, meine liebe Florence. Höre gut zu!"

„Ich bin ganz Ohr."

„Wenn ein Weib mit gewöhnlichem Verlangen und demnach verhältnismäßig kalten Blutes sich daran machen wollte, dieses

Instrument in sich aufzunehmen, so würde es ihr ohne Zweifel heftige Schwierigkeiten bereiten. Wenn aber zwei Weiber einander gegenseitig durch Liebkosungen mit Finger, Lippen und Zungen, sowie womöglich hinterher mit einem Instrumente gewöhnlichen Kalibers erhitzt haben, wenn besonders diejenigen, die die männlichere von beiden ist, die Partnerin außer sich gebracht und wahnsinnig gemacht hat - wenn sie ihr darin im geeigneten Augenblick dieses Ding, dessen Eichel mit Gold-Creme eingefettet und schlüpfrig gemacht wurde, entgegen-gestreckt - dann, meine liebe Florence, darf sie es wohl leise und vorsichtig ansetzen und zwischen die mit der Hand gut geöffneten Lippen einschieben, und wenn sie es nachher mit Bedacht und Gefühl langsam bis ans letzte Ende stößt, so wird sie dadurch eine Wonne auslösen, die ihresgleichen auf Erden und im Himmel sucht."

„Unmöglich!" rief Florence mit weit aufgerissenen Augen.

„Willst Du's versuchen?"

„Wer wird sich dazu hergeben?"

„Ich."

„Ich werde Dich zerreißen!"

„Bin ich zerrissen?"

„Gut - los - ich will's machen. Ja schnell."

„Warte!" sagte die Gräfin eifrig.

In aller Eile erwärmte sie etwas fette Milch in einer kleinen silbernen Teekanne auf einer Spiritusflamme. Mit der Milch füllte sie den Hodensack des prächtigen südamerikanischen Zeitvertreibes; dann entnahm sie demselben Samtbehälter einen breiten, elastischen Gürtel, an dem das Instrument zweckmäßig anzubringen war und sagte zu Florence: „Komm jetzt her!"

Dabei zitterten ihre Nasenflügel vor Aufregung, die durch alle diese Vorbereitungen hervorgerufen war.

„Was willst Du tun?" fragte Florence erstaunt.

„Ich werde einen Mann aus Dir machen!"

Florence ließ sich mit dem Instrument umgürten; Odette legte es ihr so an, dass das steife Glied direkt auf den Venusberg ihrer Freundin zu stehen kam, während die Hoden, deren schmale, jungfräuliche Schamlippen bedeckten.

Auch das schöne Kleinod aus der Renaissancezeit wurde mit warmer Milch gefüllt und Florence in die Hand gegeben. Die Schauspielerin zitterte und sah aus wie ein junger Kerl mit einem unverschämt großen Glied, das unverfroren in die Luft hinein ragt.

Die Gräfin küsste Florence und warf sich dann hintenüber quer über das Bett. „Mache, was ich Dir sagen werde", sagte sie.

„Verlass Dich auf mich", antwortete Florence mit Entschlossenheit. „Ich würde Dich auf Wunsch in Stücke reißen!"

„Den Mund - zuerst den Mund!" erging die erste Aufforderung der Gräfin an Florence.

Diese legte das schöne Spielzeug der Diana etwas bei Seite und erwies der vor ihr liegenden Odette mit dem Munde eine äußerst fein durchdachte und rührend gewissenhaft ausgeführte Liebkosung. Sie hatte es im vornherein darauf angelegt, der Gräfin deutlich zu machen, dass eine solche Liebkosung sich vor anderen, brutaleren, die da folgen sollten, nicht zu verstecken brauche.

Sie konnte an keine dankbarere Adresse kommen, denn Odette betete den ganzen Rosenkranz von lesbischen Zärtlichkeiten herunter. Florence war ihre Freundin, ihr Engel, ihr Herz, ihr Leben und ihre Seele; die ganze Tonleiter der wollüstigen Seufzer entfloh Note um Note ihren zitternden Lippen, bis sie schließlich schwer zu atmen anfing und rief: „Diana, Diana."

Florence verstand sofort; sie ergriff das königliche Kleinod und schob es zwischen die eben erst von ihrem heißen Munde befreiten Schamlippen, um die Gefühle ihrer Freundin nicht unliebsam zu unterbrechen

Dann manövrierte sie so geschickt, dass Odette gar keine Zeit fand, sich zu besinnen - sondern zu mindest ihren Lauten und ihrem Gestöhn nach zu schließen - mit allen Engeln des Paradieses, eine Himmelsleiter hinaufzusteigen schien.

Florence wandte keinen Augenblick ihrer Aufmerksamkeit von dem geschickt gehandhabten Instrument ab, sie verfolgte jede einzelne Bewegung, sah es langsam und gleichsam beseelt eindringen und herausfahren, sah, wie es nach mehrmaligen Hin und Her sich mit wollüstigen Schleim über und über bedeckte, und hörte endlich die kleinen, halb erstickten Schreie der Gräfin, die zuletzt stammelte: „Milch - Saft - Samen."

Florence drückte auf den Knopf; sie drückte mehrere Male und bemerkte an dem plötzlich brechenden Auge ihres Opfers, dass diese davon nicht unbeeinflusst geblieben war.

Odette dehnte und streckte ihre Glieder aus, das man alle Gelenke knacken hörte und benahm sich vollkommen wie ein Weib, dem soeben die Wohltat eines regelrechten und vielleicht etwas derben Koitus erwiesen wird - nichtsdestoweniger hatte sie noch so viel Macht über ihre Sinne, sich daran zu erinnern, dass ihrer noch ein heftigerer Genuss wartete, denn sie ächzte gleich darauf kaum verständlich:

„Der Riese - der Riese." Florence lauerte schon lange mit Ungeduld auf diese Aufforderung, denn nun würde sie sich in ihrer eigensten Natur zeigen können. - Sie zog das Kleinod Diane de Poitiers aus dem heißen, rauchenden Schlund und da sie sah, dass die eingespritzte Milch beinahe bis an die Schamlippen trat, hielt sie ein Einreiben der dicken Eichel des

Südamerikaners für überflüssig. - Sie beugte sich über die zuckende Gräfin, setzte das klobige Glied an die kleinen Lippen, und sich wie ein richtiger Droschkenkutscher benehmend, stieß sie ohne Besinnen wacker zu.

Die Gräfin stieß einen heftigen Schrei aus, biss sich dann einen Augenblick fest auf die Lippen und ächzte gleich darauf atemlos hervor:„Nur zu - nur zu - ah - Du zerreißest mich - weiter, stoße fest zu - ah - ah er ist drin . . .“

Ja, er war wirklich „drin" (wie die Gräfin das zu nennen beliebte), und ihre Empfindungen mussten eigenartige und nie gefühlte sein, nach ihrer merkwürdigen Aufführung und ihrer noch merkwürdigeren Sprache zu urteilen.

Das war gar kein Seufzen und Stöhnen mehr, das war ein tiefes röchelndes Gurgeln und Japsen wie bei einem in der Flamme schwelenden Papier. Ihre echte Weiblichkeit kam übrigens in diesem denkwürdigen Augenblick ganz besonders zum Vorschein, denn trotz der Heiligkeit der Gelegenheit stand ihr rosiges Plappermäulchen auch nicht eine Sekunde lang still, sondern es ging in einem fort:

„Dein Mund - Deine Zunge - Nimm meine Brust - sauge an der Warze - nimm oh Gott, ich ver - ich - vergehe - fest - drücke stoße fest - fester - hinein - tief - los - spritze! - Ah Riese - süßer Riese - noch einmal oh - meine Seele!“

Und jedes Mal spritzte Florence von neuem einen Strahl der warmen Milch aus, und dieser schien der armen Odette bis an's Herz zu dringen.

Endlich lag die Gräfin mit zerbrochenen Gliedmaßen und gläsernen Augen da und triefte vor Schweiß. Florence zog ihr Marterinstrument aus der roten Schlucht, wobei ein leiser, dumpfer Laut hörbar wurde, wie er wohl manchmal vernehmbar ist, wenn man einen Korken aus einer Flasche zieht. Sie schnallte den Gürtel ab und ließ die Ausrüstung zu Boden gleiten,

während die Gräfin mit weit ausgebreiteten Armen und Schenkeln auf dem Bett liegen blieb.

Florence wirbelte es im Kopfe; sie füllte das Elfenbeininstrument mit neuer Milch und legte sich dem Bett gegenüber auf die Chaiselongue; sie hielt die Schamlippen auseinander und indem sie mit der einen Hand ihren Kitzler rieb, setzte sie mit der anderen die Eichel des Gliedes an das Hymen. Aber sie bemerkte bald, dass sie in dieser Lage einen Teil ihrer Kräfte verlor, weshalb sie eine andere ersann.

Sie warf zwei Kissen dicht nebeneinander auf den Ruhesessel und stellte das Glied, mit der Eichel nach oben gerichtet mitten dazwischen; nun ließ sie sich derart nieder, dass der Spalt ihrer Schamlippen direkt auf der Spitze des Gliedes ruhte.

Indem sie jetzt durch geschickte Bewegungen des Körpers den aufgerichteten Pfahl im Gleichgewicht erhielt, fuhr sie fort, mit der linken Hand ihren Kitzler zu streicheln, während welcher besänftigender Tätigkeit sie immer mehr und mehr dem Glied entgegendrängte, so dass der beginnende Schmerz immer noch durch das Lustgefühl des Kitzlers überboten wurde. Als sie schließlich nahe daran war, ihren Gefühlen völlig freien Lauf zu lassen, stülpte sie sich herzhaft über das harte Glied, das natürlich nicht wich; sie stieß einen Schrei aus, unterbrach aber ihre Bewegung nicht, der Schmerz war heftig, aber Florence war mutig.

Ein zweiter Schrei entrang sich ihren bebenden Lippen, aber diesmal war's ein Schrei der Lust und der Wonne - und indem sie das Instrument mit der rechten Hand an den Boden bannte, führte sie langsam und deutlich einige rhythmische Bewegungen aus, wobei sie zum Schluss mit einem Finger auf den Knopf drückte und zum ersten Mal in ihrem bewegten Leben einen Liebeserguss im tiefsten Inneren aufnahm. Sie geriet außer sich vor Entzücken, warf sich hintenüber und wand sich auf der Chaiselongue wie eine Eidechse.

Die schöne Gräfin, die die Schreie ihres Gastes gehört hatte, fand es für angemessen, sich etwas in die Höhe zu richten. Mit großem Erstaunen übersah sie die Situation.

Die stolze Künstlerin hatte das sich selber gegebene Versprechen gehalten: Sie hatte sich selber und durch sich selber das Opfer ihrer Jungfräulichkeit gebracht.

Die blutigen Spuren dieses Opfers waren auf dem Ruhesessel der Gräfin deutlich sichtbar.

Drei Tage und drei Nächte sahen und hörten wir nichts von der Gräfin; am vierten kam sie endlich, um uns anzukündigen, dass am nächsten Tag Violette ihre Lektionen bei Florence beginnen könne. Infolge einer Eifersuchtsszene, die die Gräfin Florence gegenüber brillant gespielt hatte, musste diese letztere der Gräfin ihr Ehrenwort geben, dass sie für Violette keine anderen Augen, als die einer Lehrerin für ihre Schülerin haben wollte.

Die Gräfin vernachlässigte Violette trotz aller ihrer Vorliebe für Florence nicht, sondern ließ sich deren gute und vollkommene Ausbildung sehr angelegen sein; Violette machte brillante Fortschritte und debütierte unter Florence mit großem Erfolg.

Unser reizendes Liebesleben dauerte mehrere Jahre, dann aber - ja, der Rest ist traurig. Ich sollte eigentlich hier diese Schilderung des schönsten Teiles meines Lebens beschließen, aber da ich schon angefangen habe, will ich auch noch das Ende erzählen.

Eines Abends fand die Gräfin, die immer noch geneigt war, Violette meinen Zärtlichkeiten zu entreißen, Mittel und Wege, nach einer Generalprobe Violette in ihrer Loge aufzusuchen. Bei dieser Gelegenheit erkältete sich die Kleine in dem zugigen Raume und fing an zu husten.

Wir legten dem Umstande keine große Bedeutung bei. Sie wurde jedoch immer kränker, und da sie, je kränker sie wurde desto liebebedürftiger erschien - trotz der Vorstellungen des

Arztes - so liebten wir uns vielleicht ein wenig zu stark und zu oft.

Im Winter wurde sie bettlägerig; sie schlich sich matt und bleich durch den ganzen Sommer und verwelkte zusehends vor unseren Augen. Als der Herbst die ersten Blätter über die Straßen fegte, brachten wir die kleine Violette zu ihrer letzten Ruhestätte.

Sie war in meinen Armen gestorben und ihr letztes Wort war:

„Mein Christian, ich liebe Dich!" Wir, die Gräfin und ich, beweinten unsere arme, kleine Freundin lange. Ihr Grab ließen wir über und über mit den kleinen Blumen bepflanzen, deren Namen sie getragen. Dann wirkten auf die Gräfin ihre Liebesgeschichten mit Florence und auf mich das Leben mit seinen Zufälligkeiten und Aufregungen derart, dass die bittere Stunde der Trennung in unseren Erinnerungen mehr und mehr verblasste.

Es kam so weit, dass ich manchmal am Todestag der armen Violette vergaß, ihr Grab zu besuchen, und mir einige Veilchen zu ihrem Andenken zu pflücken.

Die Gräfin, die treuer war als ich, sandte mir manchmal einige Veilchen mit dem einen Worte: „Undankbarer!"

Jetzt, wo diese Erzählung unserer leider so kurzen Liebe beendet ist, rolle ich mein Manuskript zusammen, schlinge einen Bindfaden darum und sende es auf gut Glück durch den Weltenraum auf die Erde.

Vielleicht fliegt es zufällig an dem Arbeitszimmer eines Literaten vorbei, der so geschickt ist, es aufzufangen.